KB002844

슬픔의 긍지

LES VRILLES DE LA VIGNE

Colette

Les Vrilles de la Vigne
by COLETTE

Colette

슬픔의 긍지

LES VRILLES DE LA VIGNE

시도니 가브리엘 콜레트

김영신 옮김

불란서책방

일러두기

· 본문의 삽화는 1930년 판본에 수록된 르네 를롱(René Lelong, 1871~1938)
의 삽화입니다.
· 독자의 이해를 돕기 위해 본문 하단에 주를 붙였으며, 각주는 모두 옮긴이가
남긴 것입니다.

시도니 가브리엘 콜레트 Sidonie-Gabrielle Colette
1873~1954

차례

눈귀 감고 읽어야 할 소설

강정 │ 시인·뮤지션

식물과 동물과 사물과 사람들. 그리고 그것들의 그림자. 형체의 음영이자 감각과 사고의 음화들. 그렇게 조직되는 헐거운 듯 촘촘한 장면과 대화들. 그리하여 세세하나 반향이 넓고, 단조로우나 색색의 함의가 눈에 보이지 않는 스펙트럼으로 무지개를 짜는 문장들.

어떤 정조情調들의 나른한 합주가 시연되는 백지 위의 실내악. 소리의 그림자가 소리의 원래 감도를 다른 빛깔로 반사하고, 절망 혹은 우울이나 슬픔 등이 그 자체의 관성적 본성을 탈색한 채 카펫 위의 털 오라기처럼 다른 감정을 불러일으키는 듯한 고요한 소요 속에서 콜레트의 문장들은 허공에 음각된다.

뭐랄까, 움직이는 그림이랄까, 멈춰있는 활동사진이랄까.

조근조근 나지막한 단어들이 날실 씨실로 꿰어 심장의 주름을 폈다 죄였다 하는 소소한 일상과 인상들이 그려내는, 보이는 것보다 더 큰 그림의 잔영들.

고양이는 잠자면서 긴 꿈을 꾼다. 콜레트는 그 내밀한 꿈을 일상의 평범한 단어들로 점을 찍고 선을 그어 고양이의 진짜 모습을 그려내고, 자신은 그 뒤에 숨는다. 개가 사람의 말을 할 때, 그 말은 사람이 임의로 의역하거나 투사해 낸 단순 인유引喩가 아니다. 개는 자신이 보고 들은 것들을 사람의 눈 귀에 귀속시켜 세계의 빛깔을 바꾼다.

빨간색은 노란색이고, 낮은 땅은 절벽과 같으며, 목을 긁어내는 소리는 갑자기 피아노 건반에서 튀어나온 음표들의 건배와도 같다.

콜레트는 그 모든 것을 거울 속에 담아 자신을 숨기고, 숨긴 채로 더 아름답거나 더 탐욕스러운 자신을 빚는다. 오랫동안 누군가의 이름 뒤에서 "자기의 본래 모습보다는 남자가 원하는 모습으로, 남자의 기대에 부응하는 이상을 따르"며 글을 써온 한 여인의 기나긴 무언극의 본색.

그녀는 말한다. "나는 분명하고도 날카롭게 나 자신을 기억해요. 나 자신을 속이지 않는 우수와 함께요." 그래,

그의 말마따나 "이것은 책이나 사진에서 보던 흔한 모습" 들의 무언극이다. 말은 그저 말하기 위해 말해질 뿐, 말하는 자신을 기만하거나 분칠을 하거나 가발을 쓰거나 나이를 속이기 위해 존재하는 것인지 모른다. 콜레트는 그렇게 말의 뒤에서 말의 진짜 속성을 들추고, 가짜로 구성되는 이야기들이 숨기고자 하는 진짜 '사물들의 이야기' 혹은 '말 자체의 물질적 담화'를 그림 그리듯, 혹은 무심하게 스냅사진 찍듯 말의 표피에 얹는다. 그렇게 해서 보이고 들리는 건 보이고 들리는 것들이 말하지 못하는, 언어 스스로 행동하는 무언극이다.

남성들이 쌓아 올린 논리와 온전해 보이는 구성체로서

의 언어가 부지불식 뿌리부터 앓는다. 소리 없이, 말의 무의미성을 스스로 내파 또는 고발하며 거대한 남근이 자신의 그림자에 먹힌다. 그림자라니? 정말 본체가 있었단 말인가? 다만 존재하고 무너질 뿐이다. 존재의 명확성이 스스로를 의심하며 나아가는 문장들 속에서 진짜 무언극이 시작되려 한다. 이야기가 끝나고 조명과 커튼이 내려진 상태에서야 비로소 터져 나오는 언어와 이야기의 씨알들. 오랜 슬픔이 긍지가 되는 순간은 이토록 세밀한 빛과 어둠의 점묘와도 같다. 귀로 읽고 눈을 감은 채 조용히 움직여야 읽히는 소설이다.

포도 덩굴손

그 옛날 밤꾀꼬리는 밤에 노래하지 않았다. 봄이 오면 곱고 가냘픈 목소리로 아침부터 저녁까지 능숙하게 노래 솜씨를 뽐냈다. 푸른 새벽이 어슴푸레 밝아와 친구들과 함께 깨어나면, 라일락 이파리 아래 잠든 풍뎅이는 그들의 수선스러운 기척에 깜짝 놀라곤 했다.

밤꾀꼬리는 저녁 일곱 시나 일곱 시 반쯤 물푸레 향이 풍기는 꽃 핀 포도밭 아무 데서나 다음 날까지 줄곧 잠만 잤다.

어느 봄밤, 밤꾀꼬리는 어린 포도 덩굴에 앉아 공처럼 부풀린 모이주머니 위에 고개를 모로 대고 개미잡이처럼 우아하게 잠들었다. 잠든 사이, 시금초처럼 시고 물오른 덩굴에서 여리지만 꼬불꼬불 뾰족하게 휘감는 덩굴손이 무성히 자라 밤꾀꼬리를 옭아맸다. 갈래갈래 덩굴손에 발이 묶여 잠에서 깬 밤꾀꼬리는 날개마저 힘을 쓸 수 없었다.

밤꾀꼬리는 죽을지도 모른다는 생각으로 있는 힘을 다해 수천 번 발버둥을 치고서야 가까스로 빠져나올 수 있었다. 그리고 포도나무 덩굴손이 자라는 봄엔 다시는 잠들지 않겠노라고 다짐했다.

밤이 오자, 밤꾀꼬리는 잠들지 않으려 노래를 불렀다.

포도 덩굴이 자라고, 자라고, 자라는 동안….
나는 잠들지 않겠어!
포도 덩굴이 자라고, 자라고, 자라는 동안….

밤꾀꼬리는 다채로운 선율과 화려한 발성으로 노래를 이어갔고 제 목소리에 취해 마침내 무아지경에 이른 가수가 되었다. 사람들은 밤꾀꼬리의 노래하는 모습을 보려 안달했다.

나는 달빛 아래 노래하는 밤꾀꼬리를 보았다. 누군가 자신을 엿보는 것도 모른 채 자유를 만끽하는 밤꾀꼬리는 이따금 노래를 멈추고, 마치 제 몸 깊이 사그라든 선율을 듣듯 목을 옆으로 숙였다. 그러고 나선 다시 있는 힘을 다해 가슴을 부풀리고 목을 뒤로 젖혀 절망에 빠진 연인처럼 노래를 이어갔다. 밤꾀꼬리는 오로지 노래하기 위해 노래했다. 너무도 아름다운 노래였기에 그 아름다움이 무엇을 의미하는지조차 더는 알지 못했다. 하지만 나는 황금빛 음색에 애잔한 피리 소리, 수정처럼 맑은 떨림과 순정하고 거침없는 소리 너머, 여전히 포도 덩굴손에 얽매인 밤꾀꼬리의 소심하고 겁에 질린 그 최초의 노래를 듣는다.

  포도 덩굴손이 자라고, 자라고, 자라는 동안⋯.

  나의 봄, 내가 태연스레 행복한 잠을 자는 동안 쓰디쓴 포도 덩굴의 가냘프지만 까슬하고 끈질긴 덩굴손이 나를 사로잡았었다. 이미 내 살을 휘감은 가락들에 소스라치게 놀란 나는 덩굴손을 끊어냈고, 이내 도망쳤다. 새로이 찾아드는 달콤한 밀월의 밤 그 나른함이 눈꺼풀에 내려앉으면 나는 포도 덩굴손이 두려워 나도 모르게 비명을 질렀다.

  밤에 잠에서 깬 나는 지금 홀로 침울하고도 야릇한 달이 떠오르는 것을 본다. 포도 덩굴의 갈고리가 자라는 거짓투성이 봄에, 나는 행복한 잠 속으로 다시 빠져들지 않으려 내 목소리에 귀를 기울인다. 때로 그 목소리는 우리가 쉽사리 입 밖에 내지 않는 것, 아주 작은 소리로만 속삭이곤 하는 것들까지 열렬히 외친다. 그러다 차마 더는 말하지 못할 비밀에서 그 목소리는 활기를 잃은 속삭임이 되고⋯.

내가 알고 있는 모든 것, 내가 생각하는 모든 것, 내가 느끼는 모든 것, 나를 매혹하고, 상처 주고, 놀라게 하는 모든 것을 말하고, 말하고, 또 말하고 싶다. 그러나 이 낭랑한 밤이 지나 새벽으로 접어들 때면 언제나 사려 깊고 서늘한 새벽의 손이 내 입술 위에 놓이고, 격렬했던 내 외침은 소심한 혼잣말이 되거나, 자신을 안심시키고 두려움을 떨치려 큰 소리로 아무 말이나 떠들어대는 아이의 수다로 변해….

  나는 비록 행복한 잠은 잊었어도, 이제는 포도 덩굴손이 두렵지 않아.

새해의 몽상

　나와 작은 불도그, 플랑드르 목양견, 우리 셋은 하얀 눈을 먼지처럼 뒤집어쓰고 집으로 돌아왔다. 우리 몸 여기저기 눈이 쌓였다. 내 어깨 위엔 새하얀 견장이 달렸고, 불도그의 납작한 콧방울엔 흰 설탕처럼 눈이 녹아들었다. 플랑드르 목양견은 길쭉한 주둥이에서 뭉툭한 꼬리까지 온통 반짝였다.

　연말의 파리에서는 좀체 만날 수 없는, 진짜 눈과 진짜 추위를 맛보려고 거리로 나갔었다. 우리 셋은 인적 없는 동네에서 미친 듯이 내달렸고, 테른 대로에서 말레쉐르브 대로까지 흉물스러운 파리의 성벽과 요새가 숨 가쁘게 기뻐 날뛰는 우리를 지켜보았다. 언덕배기에서 바라보니 보랏빛 황혼에 물든 강 위로 하얀 눈보라가 몰아치고 있었다. 우리는 양 볼의 솜털과 눈썹에 잠시 머물거나 눈과 입술에 닿아 녹아드는, 그 흩날리는 꽃잎처럼 차갑고 윙윙대는 수많은 하얀 파리 떼의 장막 뒤로 장밋빛 노을에 점점이 물들어가는 거무스레한 르발루아를 바라보았다. 호박단의 마찰음을 내며 사각사각 발아래로 사라지는, 아무도 밟지 않고 부서지기 쉬운 눈을 우리 셋이 열 개의 다리로 긁어모았다. 아무도 없는 곳에서 우리는 질주하고, 짖고, 휘날리는 눈을 덥석 물어가며, 흩날리는 바닐라 샤베트의 감미로운 맛을 만끽했다.

우리 셋은 지금 따뜻한 난로 앞에 말없이 앉아 있다. 문밖의 세찬 바람과 눈, 밤의 기억은 서서히 우리의 정맥 속으로 녹아들고, 긴 하루의 보상처럼 스르르 잠에 빠져들겠지.

마치 족욕을 하듯 발에서 김이 모락모락 피어오르는 플랑드르 목양견은 길들인 암늑대의 위엄, 짐짓 진중하고 정중한 제 모습을 되찾았다. 한쪽 귀로는 닫힌 덧문 틈으로 속삭이듯 들려오는 눈 소리를 듣고, 다른 쪽 귀는 주방에서 들려오는 숟가락 부딪는 소리를 듣는다. 뾰족한 코를 벌름거리며 화로를 정면으로 응시하는 구릿빛 두 눈이 마치 책이라도 읽는 듯 끊임없이 좌에서 우로, 우에서 좌로 움직인다. 나는 경계심 많은 이 새로 온 암캐를 관찰한다. 흐트러짐 없는 자세에 까탈스럽고 심드렁하게, 지각 있는 사람처럼 행동하고, 명령이나 잔소리 따위는 헤아릴 수 없는 시선과 침묵으로 무심히 받아낸다. 거짓말도 할 줄 알고, 훔칠 줄도 아는 이 개는 그러나 겁먹은 소녀처럼 놀라 짖으며 언제나 우울해 보인다. 이 키 작은 암늑대, 발롱 평원의 소녀는 어디서 경박한 부르주아들에 대한 반감과 귀족적인 품위를 배웠을까? 나는 내 가슴 속에, 내 삶 속에 그의 자리를 내준다. 내게 사랑을 선사할 줄도, 이미 나를 보호할 줄도 아는 그녀에게.

아이처럼 웅크린 작은 불도그는 코와 다리에서 열을 뿜어내며 세상모르고 곯아떨어졌다. 회색 고양이는 눈이 오는 줄도 모르고 점심나절부터 배에 코를 묻은 채 잠들어 있다. 나는 다시 여기에 서 있다, 나의 불 앞에, 나의 고독 앞에, 나 자신 앞에….

또 한 해를 맞는다…. 해를 헤아린다는 게 무슨 소용이람? 파리의 새해에서 내 청춘의 첫날들을 떠올릴 만한 것은 아무것도 없다. 누가 내게 지나간 새해 첫날들이 안겨준 그 천진한 축제를 돌려줄 수 있을까? 세월이 바뀌면서 나도 바뀌었다.

이제 한 해는, 계절에서 계절로 물결치며 리본처럼 풀어지는 길이 아니다. 1월부터 풀어져 봄으로 오르고 올라 고요한 들판 곳곳마다 푸른 그림자가 드리워지고, 타는 듯 흐드러지게 피어나는 초원 위로 눈부신 제라늄으로 물든 여름을 향하던 그 길도, 그리고 안개와 향기, 습지와 익은 과일, 사냥감을 만끽하는 가을로 내려갔다가 햇살 아래 흩날리는 장밋빛 눈과 꽁꽁 언 연못이 반짝이며 소리 내는 건조한 겨울로 깊어 가는 길도 아니다. 그 물결 같은 리본은 서리꽃처럼 두 해 사이에 홀로 매달린 마법의 날 앞에서 불현듯 꺾일 때까지 현기증 나게 내달린다. 새해 첫날….

여유롭지 못한 부모, 그러나 사랑을 듬뿍 받고 자란 아이, 나무와 책에 둘러싸여 시골에서 자란 아이, 그리고 값비싼 장난감을 원하지도, 알지도 못했던 아이. 오늘, 이 저녁에 내가 지난날을 떠올리며 다시 그 아이와 마주한다. 계절마다 돌아오는 축제, 선물과 꽃과 전통 과자에 미신적으로 집착하던 아이. 본능적으로 기독교 축제를 이교적 신비로 채울 줄 알았던 아이는 단지 회양목 가지와 부활절의 붉은 달걀, 성체 성혈 대축일의 잎 떨어진 장미, 성체 안치 제단을 수놓은 라일락, 투구꽃, 국화꽃, 성모 승천 축일에 풍년을 기원하는 축성을 받아 밭의 가장자리에 심었던 개암나무의 새순들로 장식한 작은 십자가를 좋아했다. 종려 주일에 구워 먹는 다섯 개의 뿔 과자, 사육제의 크레페, 성모성월의 숨 막힐 듯한 교회 냄새에 열광하던 작은 소녀….

영성체를 주관했던 선하고 늙은 신부님! 당신은 이 조

용한 소녀가 제단을 향해 두 눈을 부릅뜨고 성모께서 걸치신 푸른 스카프가 나부끼는 그런 기적을 기다렸다고 생각하시나요? 그렇죠? 나는 너무나 천진한 아이였어요! 기적을 꿈꾼 건 사실이었죠, 하지만 당신이 생각하는 그런 건 아니었어요. 신부님, 따스한 꽃향기에 넋을 잃고, 장례식의 시든 사향 장미에 홀린 저는 당신이 결코 상상할 수 없는 세계, 나만의 신들과 요정들, 말하는 동물들, 반인반수의 사티로스들로 가득한 세계에 살고 있었답니다. 나는 순간의 죄에 영원의 지옥을 발명한 인간의 오만을 생각하며 지옥에 관한 당신의 설교를 듣고 있었죠. 아, 얼마나 오랜 세월이 흘렀는지….

　나의 고독, 12월의 마지막 밤에 내리는 이 눈, 또 다른 한 해의 이 문턱은 내게 그 옛날의 떨림을 주지 못한다. 그 길었던 밤 내내, 나는 잠든 마을에 울려 퍼지는 1월 1일 아침 서곡, 내 심장의 고동 소리와 섞여 멀리서 다가오는 그 북소리를 초조하게 기다렸었다. 여섯 시경 얼어붙은 밤을 깨우는 이 북소리는 나를 두려움에 떨게 했다. 내 작은 침대 깊숙이 웅크리고 울음이 터질 만큼 불안에 떨며, 굳게 입을 앙다물고 배를 움켜쥐었다.

　자정을 알리는 열두 번의 종소리가 아니라 오직 이 북소리만이 내게 새해의 눈부신 시작을, 멈췄던 세상이 마을 늙은 야경꾼의 그 첫 번째 북소리에 다시 첫 숨을 내쉬는 저 신비로운 개막을 알렸다.

새벽의 어둠 속에선 보이지 않는 야경꾼이 장중한 북소리를 울리며 지나간다. 그 뒤로 새로운 열두 달을 향해 팔딱이는 새 삶이 다시 시작된다. 두려움에서 해방된 나는 촛불을 들고 침대에서 뛰쳐나와 소원, 입맞춤, 사탕, 가족 일기장 앞으로 달려갔다. 빵을 한가득 든 빵집 주인에게 문을 열어주고, 정오까지 중요한 의례처럼 가난한 이들, 진짜 가난한 이들과 가난한 척하는 이들을 찾아 정작 별 감사나 고마움도 표하지 않는 동전 몇 푼과 빵 조각을 건넸다.

겨울 아침, 밤을 밝혔던 붉은 등, 동트기 전의 고요하고 차가운 공기, 눈에 덮여 왜소해진, 미명 속에 어렴풋이 떠오른 정원, 검은 가지들에 쌓인 눈더미에 짓눌린 전나무에서 간간이 일어나는 눈사태, 놀란 참새들의 날갯짓, 분수의 물보라보다 더 반짝이는 미세한 눈가루 속의 불안한 몸짓…. 오, 내 유년의 모든 겨울이여, 이 겨울의 한나절이 너를 내게 데려왔구나. 내가 찾아 헤매던 얼굴은 무심히 손에 든 둥근 거울 속 여인의 얼굴, 이제 곧 청춘이 떠나갈 젊은 여인의 얼굴이 아닌, 오래전 바로 그 얼굴이다.

여전히 꿈에 취한 나는 꿈꾸는 동안 늙고 변한 나 자신에 놀랐다. 애절한 마음의 붓으로 지금의 얼굴 위에, 얇은 턱선을 따라 햇볕에 그을리고 추위에 분홍빛으로 물든 나무랄 데 없이 탄력적인 양 볼과 찡그릴 때마다 재빨리 따라 움직이는 눈썹, 꾀바른 입꼬리가 천진한 옅은 입술과 어우러진 생기발랄한 소녀의 얼굴을 다시 그려낼 수 있다면 좋으련만…. 오, 그 또한 단지 한순간일 뿐. 파스텔 색조로 되살아난 사랑스러운 보드라움도 부스러지고 흩어진다…. 작은 거울의 어두운 우물 속엔 단지 나와 아주 닮은 내 모습, 고집스러운 미간에, 입꼬리에, 눈꺼풀에 미세하게 새겨진 세월의 흔적들이 고스란히 새겨진 내 모습이 있다. 웃지도 슬퍼하지도 않고 혼자서 중얼거리는 그 모습으로.

"늙어갈 수밖에, 울지 마. 손을 맞잡고 애원하지도 말고 거부하지도 마. 늙어가는 거야, 이 말을, 절망적인 외침이 아니라 불가피한 출발을 알리는 말로 계속 중얼거려 봐. 너 자신을 봐, 너의 눈꺼풀, 너의 입술, 그리고 네 관자놀이 위로 머리칼을 쓸어 올려. 그러면 이제 너는 네 삶에서 이미 멀어지기 시작하는 거야, 그걸 잊지 마. 늙어갈 수밖에!"

"천천히, 눈물 없이, 천천히 멀어져. 아무것도 잊어선 안 돼! 너의 건강을, 너의 명랑함을, 너의 우아함을, 네 삶을 덜 씁쓸하게 해주었던 약간의 선의와 정의감을 잊지 마! 단단히 준비하고, 온화한 모습으로, 그리고 돌아올 수 없는 길가에서 헛되이 발을 멈추려 하지 마. 늙어가는 건

피할 수 없으니 다 부질없지. 길을 따라 걸어, 그리고 오직 죽기 위해서만 거기에 누워. 어지러이 굽이쳤던 세월의 띠를 가로질러 그 끝에 이를 때, 너의 곱슬곱슬한 머리칼 한 가닥도, 이빨 하나도, 성한 팔다리 하나도 남겨 두지 않았다면, 최후의 순간이 오기 전 영원의 먼지가 네 눈에서 찬란한 빛을 가리지 않았다면, 너와 함께하는 누군가의 다정한 손을 끝까지 쥐고 있다면, 미소 지으며 누워, 행복한 잠을 자고, 너만의 특별한 휴식을 취해…"

춤추는 여자

오, 넌 나를 댄서라 부르지만, 이젠 알았으면 해, 나는 춤을 배운 적이 없어. 푸른 그림자를 쫓으며 길 위에서 춤추는 작은 장난꾸러기인 나를 만난 거지. 내가 한 마리 꿀벌처럼 빙글빙글 돌고 있을 때 바닥에 뿌려진 금빛 꽃가루가 내 머리칼에, 발등에 내려앉았어.

넌 내가 엉덩이를 흔들며 분수대에서 돌아오는 모습을 보고 있었지. 내 짧은 블라우스에서 은빛 뱀처럼 흐르는 물방울이 나의 발걸음에 맞춰 얼음처럼 차갑게 폭죽 터지듯 내 뺨으로 튀어. 나는 천천히 조심스레 걷지만, 넌 내 걸음걸이를 춤이라 말했지. 내 얼굴은 보지도 않고 내 무릎의 움직임, 내 허리의 흔들림을 눈으로 쫓았지, 모래 위에 찍힌 발가락 자국을 보며 모양 다른 다섯 개의 진주와 비교했던가.

넌 "저 꽃을 따, 저 나비를 쫓아…" 라고 말하고는 내 모습을, 보라색 카네이션 위로 허리를 숙이거나 어깨에서 흘러내린 스카프를 뒤로 넘기는 내 몸의 모든 동작을 춤이라 불렀지.

너의 집, 램프의 솟아오른 불꽃 너머에서 넌 이렇게 말했어 : "춤을 춰!" 나는 춤을 추지 않았어….

그러나 네 품 안에서 벌거벗고, 불같은 쾌락의 리본으로 당신 침대에 묶였을 때, 젖혀진 목에서 오므린 발까지 피할 수 없는 쾌락이 내 피부 위로 솟구치는 것을 보며 넌 나를 춤추는 여자라고 불렀어.

지친 내가 머리카락을 다시 묶을 때, 넌 내 이마 위에 똬리를 틀고 피리 소리에 홀린 유순한 뱀 같은 머리카락을 바라보고 있었지.

네가 이렇게 속삭이는 동안 나는 너의 집을 나섰지. "너의 가장 아름다운 춤은 들끓는 욕망으로 조급하게 길에서부터 벌써 드레스의 단추를 풀고 숨 가쁘게 달려올 때의 그 춤이 아니야. 차분해진 네가 내게서 멀어질 때야, 휘청이는 무릎, 멀어지며 나를 바라보는 어깨 위의 턱…. 네 몸은 나를 기억하고 흔들리고, 망설여…. 나를 잊지 못하는 네 엉덩이, 여운을 간직한 네 허리…. 머뭇거리는 발길로 고개를 돌려 나를 바라볼 때…. 석양에 물든 네가 점점 더 작아져. 오렌지빛 드레스 안에 몹시도 가냘픈 네가 저 언덕 위에서 춤추며 희미하게 타오르는 불꽃이 될 때까지…."

만약, 네가 나를 떠나지만 않는다면, 나는 춤추며 내 하얀 무덤으로 가겠지.

나도 모르게 추는 춤, 매일 매일 느려지는 그 춤을 추며, 사랑스러운 눈으로 나를 바라보고 나를 아름답게 만드는 그 불빛을 맞을 거야.

최후의 비통한 춤으로 죽음과 맞서겠지만, 나는 초연히 고요한 죽음을 겸허하게 맞을 거야.

신이 내게 우아한 소멸, 이마 위로 두 팔을 가로 모으고, 한 다리를 굽히고 다른 다리는 뻗어, 어둠의 왕국의 검은 문턱을 넘을 가벼운 도약을 허락해주길.

넌 나를 춤추는 여자라 불렀지만…, 나는 춤추는 법을 몰라….

하얀 밤

우리 집에는 오직 침대만 하나 있어. 너에겐 너무 넓고, 우리 둘에겐 약간 좁고 장식 없이 단정하고 새하얀 침대. 그 오롯한 열락을 품은 침대를 한낮에도 그 어떤 휘장으로도 감추지 않아, 우리를 만나러 온 이들은 침대를 물끄러미 바라보며 은밀한 시선을 거두지 않지. 침대 가운데 단 하나의 부드러운 골짜기만 보여, 마치 소녀 혼자만의 침대처럼.

이곳에 들어온 이들은 모르겠지, 매일 밤 우리 몸이 포개져 눈부시게 하얗고 요염한 시트 아래로 무덤만 한 골짜기가 조금씩 더 깊어진다는 것을.

오, 벌거벗은 우리의 침대! 램프의 불빛이 그 위로 다시

금 비스듬히 옷을 벗겨내네. 어스름한 황혼녘 레이스 커튼으로 새어 들어오는 땅거미나, 하얀 등갓에서 퍼져 나오는 분홍빛 불빛도 필요치 않아…. 새벽이 없는 별, 지지 않는 별인 우리 침대는 끊임없이 타오르며 깊고 부드러운 밤으로 빠져들어.

향연이 침대를 감싸네. 평안한 죽음을 맞은 자의 몸처럼 하얗고 견고한 침대에 향이 스며들어. 네가 가장 좋아하는 담배에서 풀어지는 금발의 영혼, 한없이 밝은 네 살결보다 더 빛나는 그 황금빛 향과 내게서 퍼지는 불에 그을린 백단향이 뒤섞인 이 미묘한 향을 분간하려 조심스레 들이마셔. 하지만 으깬 목초의 시골 향이 내 것인지 네 것인지 아무도 알아챌 수 없을 거야.

오늘 밤, 우리를 받아줘, 오, 우리의 침대여, 당신의 신선한 골짜기가 봄날 정원과 숲의 나른한 취기와 열기 속에서 조금 더 깊어지기를.

너의 감미로운 어깨에 머리를 기대고 미동도 없이 누워 있어. 분명, 날이 밝을 때까지 검은 잠의 심연으로 내려가겠지, 죽은 듯 깊고 어두운 잠, 꿈의 날개조차 스며들 수 없는 어두운 잠 속으로 빠져들겠지…. 불에 덴 듯 화끈거리는 내 발바닥이 서늘해질 때까지 잠시만 기다려줘…. 넌 가만히 고른 숨을 내쉬지만 네 어깨를 점점 파고드는 내 볼을 느끼며 아직 잠들지 않았다는 걸 알아…. 함께 잠들어…. 오월의 밤은 너무 짧아. 우리를 집어삼킨 푸른 어둠 속에서도 내 눈꺼풀은 여전히 햇빛으로, 장밋빛 불꽃으로, 너울대고 부유하는 그림자로 가득해. 나는 눈을 감고 하루를 돌아봐. 마치 덧창 너머 눈부신 여름 정원을 내려다보듯.

내 심장이 얼마나 두근거리는지! 네 심장 소리도 들려, 자는 거야? 머리를 살짝 드니 너의 황갈색 단발의 음영이, 놀란 얼굴의 창백함이 보여. 네 무릎은 마치 두 개의 오렌지처럼 싱싱해…. 내 쪽으로 돌아누워, 내 무릎이 반짝이는 네 무릎의 싱그러운 윤기를 훔칠 수 있게….

아, 잠을 자야 해! 수천 마리의 개미가 내 피부 아래 혈관을 타고 피와 함께 내달려. 종아리 근육이 요동치고 귀가 먹먹해. 부드러운 침대가 오늘 밤은 솔잎으로 덮였나? 잠들자! 자고 싶어!

잠이 오지 않아. 심장이 두근두근 설레는 행복한 불면. 기척 없는 네게서 조심스러운 떨림마저 느껴져…. 미동조차 없는 넌 내가 잠들길 바라지. 네 다정한 습관으로 이따금 나를 두 팔로 감싸고 너의 매혹적인 다리가 내 다리를 휘감아…. 잠이 몰려와 나를 스쳤다 다시 달아나는 게 보여, 마치 백합꽃 만발한 정원에서 내가 쫓던 부드럽고 두

툼한 벨벳 날개를 펼치던 나비와 같아…. 기억나? 그날은 얼마나 찬란하고 달뜬 젊음으로 넘쳐났던지…. 산산하고 다급한 바람이 태양을 향해 구름 연기를 재빨리 내뿜고, 보리수의 부드러운 잎은 생기를 잃었지, 그리고 비 내리는 파리의 보랏빛 하늘에서 호두나무 꽃잎이 오동나무 꽃잎과 섞여 붉은 애벌레처럼 우리 머리 위로 떨어졌어…. 네가 밟고 있는 카시스 새싹, 잔디밭 화단 위의 야생 참소리쟁이, 막 씨앗을 틔운 어린 박하잎, 산토끼의 귀처럼 솜털로 덮인 샐비어, 이 모두가 얼얼하고 톡 쏘는 즙으로 넘쳐나 내 입술 위의 술과 레몬즙에 섞였지.

드레스 자락을 물들인 물오른 풀잎을 밟으며 마냥 웃고 떠들었어. 너의 고요한 쾌락은 내 광기를 바라보는 것이었지. 내가 찔레꽃으로 손을 뻗을 때, 너도 알지, 그 탐스러운 들장미 말이야, 내 눈앞에서 너의 손이 가지를 꺾어 발톱 같은 짧고 붉은 가시들을 하나씩 하나씩 떼어내…. 넌 내게 발톱 없는 꽃들을 주었지….

넌 내게 발톱 없는 꽃들을 주었어…. 내가 가쁜 숨을 돌리고 쉴 수 있게 페르시안 라일락의 영근 수수 그늘로 나를 이끌었지…. 넌 내게 화단의 수레국화를 한 아름 따 주었어, 솜털 같은 꽃술에서 살구 향이 나는 매혹적인 꽃…. 넌 작은 병에 든 커스터드 크림을 주었고 허기진 내 손이 허겁지겁 먹는 모습에 웃음을 터트렸지…. 넌 내게 아주 잘 구워진 황금빛 빵을 주었어, 그리고 내 머리 위에 윙윙거리는 벌을 쫓으려 햇살 아래 너의 창백한 손이 또다시 들려지는 것이 보여…. 구름이 길고 느리게 흘러가는 한낮의 끝에서 내 어깨를 외투로 감쌀 때, 이루 말할 수 없는 기쁨에 취해 소름이 돋았어, 봄날 행복한 짐승들의 천진한 기쁨에 젖어…. 넌 말했지…. "이리 와, 그만 돌아가자…."

아, 널 생각하면 안절부절못해. 지금 몇 시나 되었을까? 창밖이 푸르스름하게 물들어가고 있어. 내 피가 흐르는 소리가 들려, 그게 아니라면 이건 저기 저 정원의 속삭임일까…, 자는 거야? 아니네. 내 볼을 너의 볼에 대면 네 속눈썹이 붙들린 파리 날개처럼 파르르 떠는 걸 느낄 수 있어…. 아직 잠들지 않았네. 넌 달뜬 나를 살피지. 넌 나쁜 꿈으로부터 나를 안전하게 지켜줘. 내가 너를 생각하듯 너 또한 나를 생각하지. 하지만 우리는 기이하고 수줍은 감정들로 아무 일 없는 듯 평화로이 잠든 척해. 늘어진 내 온몸은 활짝 열려있어. 나의 목덜미가 네 어깨를 짓누르지만, 우리의 마음은 이 푸르스름한 새벽을 따라 은밀한 사랑을 나누지, 이내 밝아올….

커튼 사이로 들어온 저 선연한 햇살도 점점 붉어지겠지. 아직 시간이 있어, 나는 너의 아름다운 이마 위에서, 너의 섬세한 턱 위에서, 너의 다문 입술에서, 너의 감긴 눈꺼풀에서 잠든 척하는 너를 엿보고 있어…. 그땐 나의 피로, 불면의 짜증이 밀려와 이 뜨거운 침대 밖으로 두 팔을 내던지고 이미 토라진 내 발뒤꿈치는 은근한 뒷발질을 준비해….

그러면 넌 잠에서 막 깬 척하지! 그렇게 나는 네 품에 숨어들어, 말도 안 되는 불평과 짐짓 과장된 한숨, 벌써 밝아진 날을 저주하는 찡그림과 거리의 소음과 함께…. 그럴수록 네가 나를 더 세게 껴안는다는 걸 알기 때문이지, 팔로 나를 안아 어르는 게 부족하다 싶을 땐 너의 키스는 더 농밀해지고 너의 손은 한결 더 다정할 거야, 그리고 구원처럼 쾌락을 선사하겠지. 마치 불안과 분노, 열병의 악마들을 내게서 쫓아내는 궁극의 퇴마의식처럼…. 넌 어미의 불안한 눈빛으로 내게 몸을 숙이고 너에게 열렬한 연인에게서, 네가 갖지 못한 아이를 찾아, 넌 네게 쾌락을 줄 거야.

흐린 날

날 좀 내버려 둬. 난 아프고 바다처럼 화가 났어. 담요로 다리를 잘 감싸줘. 그리고 젖은 건초와 참나무 향이 모락모락 나는 연보랏빛 차를 가져다줘…. 아무것도 하고 싶지 않아. 이제 더는 바다를 보고 싶지 않아 고개를 돌려. 바람, 물보라와 모래 먼지를 날리며 질주하는 저 바람도 보고 싶지 않아. 오늘은 수평선 너머에서 불어오는 바람이 모래 언덕 뒤에 웅크리고 울분에 차 들끓어…. 그러다가 전사의 함성을 내지르며 돌진하고, 사람처럼 덧창을 뒤흔들다 영원으로 사라지는 그 발걸음이 먼지를 일으키며 가느다란 술 장식처럼 문 아래 스며들어….

아, 바람을 참을 수 없어. 이제 바람을 피할 만한 나만의 장소도 없어. 손으로 귀를 틀어막아도 바람이 파고들어 뇌를 얼어붙게 해…. 벌거벗은 몸을 질질 끌며 산만한 생각의 조각들을 부질없이 다시 모아. 요동치는 생각이 마치 벗겨진 망토처럼 내게서 달아나, 다리를 잡힌 갈매기가 날개를 푸드덕거리며 달아나는 것처럼….

날 좀 내버려 둬, 넌 안쓰러운 마음으로 이마에 손을 얹으려 천천히 다가오지만 다 싫어, 특히 바다는 더! 바다를 좋아하는 넌 가서 보라고. 바다는 술렁거리다 해안과 옹벽을 치고 누런 거품을 퍼트려, 죽은 물고기 비늘처럼 번쩍거리며 온통 요오드 냄새와 고약한 악취로 가득하지…. 납빛 파도 아래 발 없는 납작하고 미끌미끌한, 아주 차갑고 끔찍한 짐승들이 살고 있다는 걸 알아…. 넌 물결과 바람이 썩은 조개 냄새를 여기까지 실어 오는 게 안 느껴져?…. 오! 돌아와, 넌 내 전부야! 날 혼자 내버려 두지 마. 혐오로 무뎌진 내 코 아래 산 중턱의 라벤더처럼 향기로운 네 손을, 길고 따뜻한 너의 손가락을 줘…, 돌아와! 내 곁에 서서 바다에게 물러가라고 해줘! 바람에게 신호를 보내, 모래 위에 조개껍데기와 함께 누우라고…, 신호를 보내, 그러면 모래 언덕에 사뿐히 앉을 거야, 그리고 한줌 숨결에 제 모습을 바꾸는 언덕을 보며 즐거워하겠지.

아, 넌 고개를 가로젓는구나…. 그렇게 하고 싶지 않은 거야, 넌 할 수 없어. 그럼 가 버려, 태풍 속에 나를 내버려 둬, 태풍이 벽을 무너뜨리고 나를 앗아가겠지! 방에서 나가, 부질없는 너의 발소리를 더는 듣지 않게. 아니, 날 만지지는 마! 마술 같은 네 손길, 견딜 수 없는 네 시선, 그리고 너의 입술, 다른 입술들의 기억을 모두 잊게 만드는 네 입술은 오늘 아무런 소용도 없어. 널 만나기 전, 내가 여자가 되기 전의 내 모습이 그리워.

　이 순간 나는 내가 떠나온 고향에 있어. 뜨거운 햇살 아래 나뭇잎 향기가 피어나는 숲의 시간을 네가 방해할 수는 없지. 이 시간 무성한 수풀이 목마른 내 영혼을 다독이는 감미로운 녹음으로 나무 밑동을 감싸는 걸 방해할 수 없어, 이리 와, 그걸 알지 못하는 네게 하나하나 말해줄게. 내 고향의 나무는 딸기향과 장미향이 나! 가시넝쿨에 꽃이 필 땐 사방에서 이름 모를 과일 향이 코로 밀려들어. 가을이 오고 낙엽이 질 때 아주 잘 익은 사과가 갓 떨어지면 넌 그 사과를 찾으려 여기저기 냄새를 맡겠지….

　만약 네가 6월의 내 고향 모래 언덕 그 둥근 엉덩이 위로 달빛이 넘쳐흐르는 시간에 풀 벤 초원 사이를 거닌다면 그 향기에 네 가슴이 열리는 걸 느낄 거야. 쾌락을 숨긴 두 눈을 도도하게 감을지도 몰라, 그리고 머리를 떨구며 말없이 한숨을 내쉴지도.

　그리고 어느 여름날 네가 내 고향의 내가 잘 아는 어느 정원, 꽃 한 송이 없는 온통 녹색의 그 정원 속으로 온다면, 멀리 푸른 빛을 띠는 둥근 산, 바위와 나비 그리고 엉겅퀴가 보랏빛 하늘 속에 물든다면, 넌 날 잊을지도 몰라, 그리고 거기 앉아 삶이 끝날 때까지 더는 움직이지 않을지도 몰라.

내 고향엔 또 요람 같은 좁은 계곡이 있어. 밤이면, 안개의 실이 늘어지며 떠다녀. 하얗게 피어오르는 옅은 안개, 습기 찬 대기에 누운 우아한 유령…. 살아있는 듯 느리게 일렁이는 안개는 홀연히 사라지며 잇달아 구름이 돼, 잠든 여인, 우울한 뱀, 사자의 머리를 가진 말…. 만약 네가 그 좁은 계곡에서 너무 오랫동안 구름을 바라본다면 망령처럼 꿈틀대는 안개의 차가운 공기를 마시게 될 거야, 오한이 들고, 밤새 꿈자리가 사나워지겠지.

계속 들어봐, 내 손을 잡아. 만약 그곳에서 내가 아는 오솔길을 따라 걷는다면, 불타는 장미 가시로 둘러싸인 황톳길, 삶 밖으로 이어지는 마법의 오솔길을 오르고 있다고 여길지도 몰라…. 부드러운 솜털을 지닌 말벌의 윙윙대는 노래가 널 그리로 안내하고, 네 심장의 고동 소리가 귓전을 때리겠지. 저기 위로, 세상이 끝나는 숲까지…. 고대의 숲, 인간에게서 잊힌 숲, 그리고 천국과도 같은, 잘 들어봐, 소리가….

왜 그렇게 놀란 눈으로 바라봐, 얼굴마저 창백해! 내가 무슨 말을 한 거지? 나도 모르게 고향 이야기를 하고 있었네…. 그랬지, 고향에 대해 말하고 있었지. 바다와 바람을 잊기 위해 말이야…. 그렇게 얼굴이 굳어지다니, 질투의 눈빛으로…. 네가 딴 사람처럼 보여, 너무 멀게만 느껴져…. 다시 거슬러 올라가야 해, 고향의 내 모든 뿌리를 다시 한번 뽑아내야겠지, 피가 흐르겠지만….

나 여기 있어. 여전히 나는 네 것이야. 나는 바람과 바다를 잊고 싶었을 뿐이야. 나는 꿈꾸듯 말한 건데…. 내가 무슨 말을 한 거지? 그 말을 믿지 마! 분명 공기 냄새에 취하는 기이한 곳에 대해 말했겠지? 그걸 믿지는 마! 거긴 가지 마. 찾아봐야 소용없을 거야. 약간 쓸쓸한 시골을 볼 수 있을 뿐이야, 우울한 숲에 둘러싸인 가난하고 평화로운 마을, 습한 계곡, 염소조차 먹일 수 없는 벌거숭이 푸르스름한 산….

나를 다시 안아 줘, 여기 이렇게 다시 돌아온 나를. 내가 없는 동안 바람은 어디로 간 거지? 피로에 지쳐 어느 움푹 팬 모래 언덕 아래 토라져 있는 걸까? 두 구름 사이에 끼인 날카로운 빛이 바다로 내리꽂혔다가 여기 발코니로 튕겨와 옹색한 춤을 추네….

나를 짓누르는 이 담요를 던져버려. 봐! 바다가 이미 초록으로 변했네…. 창문을 열어, 이 흐린 날의 황금빛 끝을

향해 달리자, 파도가 몰고 온 당신 고향의 꽃들을 모래톱에
서 따고 싶어. 꽃잎 없는 분홍 조가비의 영원한 꽃들을….

마지막 불

    난로에 불을 지펴, 올해의 마지막 불을! 햇살과 불꽃이 함께 네 얼굴을 밝게 비추겠지. 불을 지피는 몸짓에 따라 연기를 리본처럼 매단 불꽃이 타올라. 하지만 이 겨울 우리의 불은 우리가 알던 그 불, 오만하고 수다스러운 불꽃, 잘 마른 나뭇단과 두툼한 통나무에서 타오르던 우리의 불이 아니야. 아침부터 강한 햇빛이 열린 창문으로 쏟아져 들어와 우리 방의 주인이 되었기에….

    봐! 저 태양이 다른 정원들보다 우리 정원에 더 많은 빛을 주고 있잖아. 잘 봐! 지난해 정원과 달라. 이른 새해의 한기 속에서도 우리의 고요하고 달콤한 은신처에 변화가 일고 있어. 배나무 가지마다 파릇파릇한 새싹을 틔우고, 라일락 우듬지에 꽃망울을 영글게 해.

오, 저 라일락이 이렇게나 자라다니, 봐! 지난해 네가 입맞춤한 꽃은 5월이 오면 까치발을 하고서야 그 향기를 겨우 들이마실 수 있을 거야, 네 입술에 꽃송이를 대려면 손을 들어 내려야만 할 걸…. 저길 봐, 통로의 모래 위로 타마리스크의 섬세한 잎을 그려낸 저 그늘. 내년엔 알아볼 수 없을 거야….

지난밤 풀밭에서 마법처럼 피어난 제비꽃 봤어? 창밖으로 고개를 내민 네가 나처럼 놀라네. 올봄에는 더 파랗지 않아? 아니, 아냐, 네가 잘못 본 거야. 지난해에 본 건 좀 더 연한 색이었어. 연보랏빛이었지, 기억 안 나?…. 아니라고? 고개를 저으며 미소 짓는 너의 금갈색 눈망울에 갓 자란 초록 풀숲이 물들이고 있어…. 더 연한 보랏빛…, 아니, 더 파란…, 날 놀리는 건 그만해! 대신 변화무쌍한 제비꽃의 한결같은 향을 네 코에 갖다 대봐, 그리고 세월을 잊게 해줄 그 묘약을 들이마시며 나처럼, 네 눈앞에서 유년의 봄이 커지고 되살아나는 걸 봐.

더 연한 보랏빛… 아니 좀 더 파란…, 나는 돋아난 새싹이 초록 안개처럼 어렴풋이 뒤덮은 깊은 숲과 초원을 떠올려. 시린 개울가, 샘솟자마자 모래에 스며드는 외딴 샘, 부활절 앵초, 황금빛 심장을 지닌 노란 수선화, 제비꽃들, 제비꽃들, 제비꽃들…. 봄의 우수 어린 환희와 태초의 행복에 이미 사로잡힌 조용한 아이가 보여…. 낮에는 학교에 갇힌 아이, 장난감이나 그림을 근처 목장의 어린 양치기 소녀들의 붉은 면실로 묶은 제비꽃다발과 맞바꾸던 아이…. 짧은 줄기 제비꽃, 흰 제비꽃, 푸른 제비꽃, 자갯빛 정맥이 드러난 청백색 제비꽃, 긴 줄기 위에 무취의 화관을 올려놓은 넓고 축 늘어진 노란 앵초…. 눈 속에 꽃을 피운 2월의 제비꽃, 땅딸막하고, 추위에 까무잡잡해진, 가난의 냄새를 풍기는 못생긴 여자…. 오, 내 유년의 제비꽃! 눈앞에 떠올라 4월의 우윳빛 하늘을 물들이고 셀 수 없이 작은 꽃잎의 요동이 나를 취하게 해….

넌 무슨 생각을 하는 거야, 고개를 들고 고요하게 태양을 응시하고 있잖아…. 아, 이제 막 잠에서 깬 벌이 달콤한 복사꽃을 찾아 둔하게 윙윙대는 걸 보는 거였네…, 벌을 쫓아버려! 반짝이는 마로니에 새순에 매달릴 거야…. 아니, 푸른 하늘로 사라지잖아, 화창하지만 흐릿한 연보랏빛 하늘로, 널 사로잡는…. 오, 넌, 어쩌면 우리 좁은 정원의 담으로 둘러싸인 쪽빛 하늘 조각에 만족할지도 몰라, 상상해봐, 세상 어딘가에 온 하늘을 아우를 수 있는 꿈의 장소가 있다는 것을, 상상해봐, 도달할 수 없는 왕국을 상상하듯, 수평선 너머로 상상해봐, 대지와 맞닿은 하늘의 감미로운 침잠을…. 망설이는 이 봄날 울타리 너머 이제 막 물결치는 애처로운 지평선이 보여, 어린 내가 땅끝이라 불렀던. 과즙보다 더 달콤한 노을 속에서 지평선이 붉으락푸르락해…. 이토록 생생하게 떠오르는 내 향수를 애잔한 눈빛으로 동정하는 건 그만둬. 너무도 강렬한 열망이 잃어버린 것을 다시 창조하고 또 그것을 허겁지겁 먹어대지. 꽃을 쥐지 못한 네 빈손에 미소 지으며 동정을 보내는 건 나야…. 언제쯤 완연한 봄이 오려나, 지금은 너무 일러, 너무 일러! 우리와 꿀벌, 그리고 복사꽃, 우린 너무 일찍 봄을 찾고 있어.

세 겹의 녹색 비단으로 둥글게 말린 붓꽃이 잠들었어, 작약은 살아있는 산호같이 억센 줄기로 땅을 파고들지, 꿈틀거리는 지렁이 색깔의 장미 나무는 적갈색 새순을 아직 틔우지 못했어. 하지만 튤립보다 먼저 피어난 비단향꽃무를 따, 단단한 벨벳으로 덮인 투박하고 싱싱한 모습이 꼭 들판에서 일하는 여인 같아…. 은방울꽃은 아직 찾지마. 홍합 껍데기처럼 길게 퍼진 두 잎 사이 옥색 진주가 신비롭게 부풀어 오르는 그곳에서 지상의 향기가 흘러나올 거야.

태양이 모래 위를 걷고 있어. 우박을 예고하는 찬 바람이 보랏빛 동쪽에서 올라와. 복사꽃이 수평으로 흩날려…. 어찌나 추운지! 조금 전까지 미지근한 담벼락에 기대 죽은 듯 만족에 겨운 샴 고양이가 갑자기 검은 벨벳 마스크 속 사파이어 눈빛을 동그랗게 모으고, 길게 늘어진 배는 지면에 닿을 듯 말 듯, 추위를 잘 타는 귀를 접어 목덜미에 올리고선 느릿느릿 집으로 향하네…. 이쪽으로 와, 구릿빛 테두리를 두르고 저물어가는 태양을 위협하는 보랏빛 구름이 무서워, 방금 당신이 밝힌 불이 마치 방 안에 갇힌 행복한 짐승처럼 우리가 돌아오길 기다려….

오, 올해의 마지막 불! 가장 아름다운 마지막 불꽃! 분홍 작약 같은 숯불 더미가 줄기차게 꽃을 피우며 난로를 채우고 있어. 우리, 난롯가 가까이 몸을 숙이고 손을 내밀어, 그 불빛이 우리 손에 스며들어 피로 물들어…. 우리의 정원에 그보다 더 아름다운 꽃은 없어. 가장 까다로운 나무이자, 가장 변화무쌍한 풀이자, 위험하고 오만한 넝쿨! 여기서 함께 너의 우수 어린 눈을 웃음 짓게 하는 이 변덕스러운 신을 지켜보자…. 잠시 후 내가 옷을 벗을 때면 넌 분홍빛에 완전히 물든 조각상 같은 내 모습을 보게 될 거야. 나는 그 불 앞에 미동도 없이 서 있겠지, 그리고 일렁이는 불빛에 내 피부가 살아나고 떨리고 꿈틀거리는 걸 보겠지, 거부할 수 없는 사랑이 내 몸 위에 날개를 펼칠 때처럼. 이대로 함께 있어 줘! 올해의 마지막 불이 우리를 침묵으로, 게으름으로, 부드러운 휴식으로 초대해. 나는 너의 가슴에 머리를 기대고 바람과 불꽃 그리고 네 심장이 고동치는 소리를 들어, 꽃잎이 반쯤 떨어진 분홍색 복숭아 가지가 폭풍 속의 새처럼 겁에 질려 초췌하게 검은 창문을 끊임없이 두드리는 동안….

사랑

　울새가 이겼다. 곧바로 작고 메마른 외침으로 승리를 노래하러 가장 큰 밤나무로 숨어들었다. 울새는 고양이 앞에서도 물러서지 않았다. 벌처럼 날며 고양이보다 조금 높이 허공에 떠 있었다. 울새의 담력과 용기를 아는 사람이라면 단번에 알아들을 수 있는 말을 쏘아붙였다.

　"바보! 두려움에 떨란 말이야! 나는 울새야! 그래, 바로 울새! 내 짝이 알을 품은 둥지 쪽으로 한 걸음만 더 움직인다면 이 부리로 네 눈을 찌를 거야!"

　나는 끼어들 준비를 하고 지켜보았다. 그러나 고양이는 울새가 길조라는 걸 알고 있다. 물론 고양이가 새의 공격을 참아냈다간 우스운 꼴이 될지도 모른다는 것도 안다.

이 고양이는 많은 것을 알고 있다…. 사자처럼 꼬리를 한 번 치고는 몸을 가볍게 털며 저 흥분한 작은 새에게 자리를 내어 주었다. 그리고 우리는 둘만의 황혼녘 산책을 이어 나갔다. 느릿느릿 즐겁고 유쾌한 산책. 고양이는 발견하고 나는 배운다. 실제로 고양이는 무언가를 발견하는 것 같다. 허공의 한 지점을 응시하고, 보이지 않는 것 앞에 멈추고, 내가 감지하지 못하는 소리에 놀란다. 그다음은 내 차례, 나는 무엇이 고양이의 주의를 끌었는지 알아내려 애쓴다.

 고양이와 함께 지내면 삶이 풍부해진다. 내가 반세기 전부터 반려동물을 곁에 두고 지내온 건 모두 내 이기심 때문일까? 나는 그들을 멀리서 찾을 필요도 없었다. 그들은 내 주변에 있었다. 길 잃은 고양이, 쫓고 쫓기며 불면증에 시달리는 농장의 여윈 고양이, 잉크 냄새를 풍기는 책방 고양이, 서점 고양이, 유제품 가게나 정육점에서 잘 얻어먹긴 하지만 어딘가 주눅 든 고양이, 타일 위의 고양이들. 토실토실 부풀어 올라 나른하게 골골거리는 프티부르주아지 고양이, 클로드 페레와 폴 모랑, 그리고 나 또한 폭군처럼 지배하는 저 행복한 고양이…. 모든 만남은 여지없이 행복한 만남이었다. 어느 날, 수많은 고양이 중에서도 한 고양이가 굶주린 채 오뙤유 역을 방황하다 넘쳐나는 군중에 치이고 울면서 내게 나타났다. 고양이는 내게 다가와 머리를 맞대고 비비며 나를 알아보았다. "결국,

너였구나!…. 네가 나타나길 얼마나 기다렸는데…. 이젠 더 참을 수 없었어…. 네 집은 어디니? 가자, 네 뒤를 따를게…" 내 심장이 고동칠 만큼 고양이는 나를 믿고 따라온다. 내가 혼자는 아니었기에 처음엔 집을 무서워했다. 하지만 고양이도 점점 익숙해졌고 거기서 4년을 살았다. 사고로 죽기 전까지.

별 요구도 없고, 쉽게 상처받지도 않는 마음 따뜻한 개들도 빼놓을 수는 없지. 내가 어찌 너희 없이 지낼 수 있겠니. 나는 너희가 정말 절실해. 너희는 내가 가치 있는 사람이란 걸 느끼게 해줘. 너희의 삶에서 나를 대체할 존재가 과연 있을까? 이건 경이롭고도 힘이 솟는 일이야. 이렇게 쉽다니. 하지만 뭔가 갈구하는 듯한 눈빛을 보일 때는 너를 숨겨야 해. 발정기이거나 암컷과 수컷이 괴로운 인연에 묶일 때면…, 재빨리 가림막과 그늘막, 파라솔을 준비하고 곧바로 거기서 벗어나야 해. 그리고 8일 동안은 돌아오지 말아야지. '그'가 '그녀'를 알아보지 못할 때까지. '인간의 친구'가 다른 개의 친구가 된 적은 없으니까.

나는 개의 애정사보다는 나에 대한 개의 애착과 그에 따른 기쁨에 대해 더 잘 알고 있다. 나는 내가 높이 평가하는 십여 종의 개중에서도 출산의 기회가 제한적인 개들만을 좋아한다. 벨기에 테리어, 프랑스 불도그—큰 머리통과 들창코, 출산 도중에 죽는 일이 빈번한—는 분기별로 찾아오는 쾌락의 기회를 본능적으로 포기한다. 나의 두 불도그는 수컷을 물어뜯고, 발정기가 아닐 때만 놀이 친구로 받아들인다. 예민한 푸들은 모든 구애자를 거부하고 빨간 고무 강아지 인형에게 젖을 물리면서 자발적 불임의 아픔을 달랜다…. 그래, 내 삶에는 수많은 개가 있었지. 고양이도 있었고. 고양이에 관해서라면 나는 꽤 많은 빚을 지고 있다. 나만의 제국으로 숨어들거나, 거친 소음에 대한 체질적 반감, 그리고 기나긴 침묵의 시간이 필요할 때 그들은 내게 많은 것을 알려주었다.

앞서 울새와 함께 등장한 고양이는 고양이라는 제목의 내 소설 첫머리에 등장했던 바로 그 고양이다. 이 고양이에 대한 나의 감정은 모호하고 양가적이다. 이 고양이가 내게 즐거움을 주면 내가 거기에 집착하기 때문이다. 의도치 않게도 내가 이 고양이를 그의 무리 밖으로 끌어냈다. 발정기엔 그곳으로 돌아가지만, 도시의 안락한 잠자리와 음식과 보호 속에 사는 종마, 멋쟁이 파리 고양이를 어떻게 대하던가? 들판의 울타리 구멍을 드나드는 야생 고양이처럼 거침없이 난폭하고 무심한 태도를 보인다. 그러나 우연은 이 냉정한 고양이를 낯선 녀석들과 엮이게도 한다. 날카로운 소리가 들린다. 사랑과 전쟁. 부엉이가 새벽을 알리듯 비통한 울음소리. 나는 거기서 내 고양이의 울음소리를 알 수 있다. 서열을 정리하고 침입자를 굴복시키는 그의 매몰차고 성난 울음소리.

시골에선 약간의 애교를 되찾는다. 가볍고 쾌활하게, 거리낌 없이 자신을 허락하고 또 냉정을 되찾으며 여러 수컷에게 꼬리를 흔든다. 내게 충실한 사랑을 맹세한 따뜻하고 활기찬 시적인 '이 고양이'가 이따금 여전히 그저 '고양이'가 될 수 있다는 것을 보게 되어 기쁘다.

일드프랑스의 좁은 정원 담벼락에서 장난치며 자신을 내맡기고 또 자신을 감춘다. 암고양이의 지혜는 광란의 무리에서 자신을 떼어낸다. 주변의 무리가 불타오를 때 이 고양이는 차갑게 변한다. 하지만 3주 전엔 두 달 전 태어난 새끼 고양이들 옆에서, 이미 비어버린 둥지들 아래서 꿈결처럼 사랑을 부르짖으며 회색 박새 울음소리에 한탄을 섞었다. 사랑이 사랑을 부른다. 곧바로, 커다란 송곳니에 마르고 군데군데 털이 빠졌지만 풍부한 경험과 비길 데 없는 결단력으로 경쟁자들에게도 존중받는 줄무늬 정복자가 나타났다. 그 뒤를 넓적한 코와 낮은 이마, 그리고 호랑이처럼 번듯한 줄무늬의 젊은 수컷이 무모해 보이는 자신감으로 건들거리며 뒤를 따랐다. 용마루 기와 위에 드디어 지저분한 흰 털에 머리띠 모양의 회색 반점 두 개를 가진 농장 고양이가 잠이 덜 깬 듯 어리둥절한 표정으로 등장했다.

"무슨 일이지? 누군가 날 급히 찾는 것 같은데…"

세 마리 고양이가 경쟁에 돌입했고 만만치 않은 상황임을 직감했다. 먼저, 암고양이가 손으로 그들을 수없이 때렸고, 작고 파랗고 날렵한 손은 짧은 털과 살갗을 파고들었다. 그런 다음 8자 모양으로 몸을 웅크리고 세 마리 고양이 사이에 앉아 오랫동안 그들을 잊은 듯했다. 그러고 나서 고상한 자태를 풀고 무너져가는 닭집 기둥에 오름으로써 자신의 정절이 모든 공격자에게 패배를 안겨주었음을 확인시켰다. 다시 내려올 즈음 아이처럼 놀란 표정으로 노예 셋을 뚫어지게 바라보았는데, 그들 중 하나가 그 매혹적인 푸른 주둥이에 키스하는 영광을 누렸다. 키스가 길어지자, 암고양이는 신경질적이고 알 수 없는, 고양이 소리를 내며 키스를 중단했다. 세 마리 수컷은 움찔하며 뒤로 껑충 뛰어올랐다. 그때 암고양이는 꼼꼼히 고양이 세수를 했고, 낙심한 수컷 세 마리는 기다림에 지쳐 애처롭게 울었다. 수컷들은 이 차갑고 무심한 고양이 곁에서 시간을 보내려고 싸우는 시늉까지 했다.

　　마침내, 이 고양이는 거짓과 유희를 그만두고 얌전히 길게 기지개를 켜고 여신의 발걸음으로 녀석들과 다시 어울렸다.

　　나는 이후에 무슨 일이 벌어질지 보려고 거기에 머물지 않았다. 이 고양이는 위험천만하게도 자신의 우아함을 지켰지만 왜 그렇게 자신을 극도의 시험에 빠뜨리는 걸까?

나는 고양이를 타락 천사들에게 내버려두고, 내가 천천히 힘겹게 글을 쓸 때 밤낮으로 내 곁을 지키던 고양이의 자리로 돌아와 기다렸다. 언제나 놀라울 만큼 소리 없이, 가느다란 소리로 가르랑거리며 램프 아래 가로누워 나를 지켜보는, 책상 위 나의 모델인 고양이, 내 친구 고양이를 기다리기 위해.

어떤 꿈

꿈을 꾼다. 짙은 회색 구름으로 가득한 검은 배경에, 완벽하게 둥근 원도 아닌, 세 개의 모서리를 지닌 삼각형도 아니고 타오르는 불의 나선형도 아닌 기하학적 장식물이 떠 있다. 줄기도 잎도 없이 부유하는 꽃들. 미완의 정원─여기저기 의심과 기대, 탄원의 분위기, 불완전한 꿈이 지배한다.

침묵, 처연하게 억눌린 개의 울음소리

나　*(소스라치며)* 누구야?

개　나야.

나　누구? 너야? 개?

그녀　아니, 그 개야.

나　알아, 하지만 어떤 개?

그녀　*(짓누른 탄식으로)* 그럼, 또 다른 개가 있단 말이야? 내가 지금처럼 어둠 속에 있지 않았을 때, 넌 나를 바로 '그 개'라고만 불렀어. 나는 네 죽은 개야.

나　그래 그랬지…. 하지만 어떤 죽은 개? 미안해….

그녀　만약 네가 알아맞힌다면 용서하지. 나는 돌아올 자격이 있는 개야.

나　*(곧바로)* 아! 알겠어! 넌 넬이야, 네 위로 죽음이 희미한 그림자를 드리울 때 네가 언제나 들어가 놀던 트렁크 속 하얀 천 위에 누워 심하게 떨었지, 넌, 네 죽음을 보이지 않으려 하얀 재가 되길 기도했어…. 아, 넬!…. 어느 날 밤 우린 네가 누워있는 그곳을 떠올리기도 했지….

침묵, 짙은 회색 구름이 검은 배경 위로 길게 이어진다.

그녀 *(더 힘없는 목소리로)* 나는 넬이 아니야.

나 *(후회하며)* 아! 미안해, 네게 또 상처를 주었구나?

그녀 괜찮아. 예전만큼은 아니야, 네 말, 네 시선은 때
때로 나를 비탄에 잠기게 했었지…. 게다가 넌
내 말을 제대로 듣지 않았어. 나는 그 개야, 모르
겠어?

나 *(갑자기 깨달은 듯)* 그래! 맞아! 그 개! 내 정신 좀
봐! 내가 집에 들어설 때마다 '거기 있니?'라고
부르던 그 개. 마치 너에게 로라라는 이름이 없
는 듯 말이야. 항상 나와 함께 여행하며 기차나
호텔, 뮤직홀의 불결한 분장실 안에서는 어떻게
행동해야 할지 태어나면서부터 알고 있었던….
가느다란 코를 문 쪽으로 향한 채 나를 기다리고
있었잖아…. 나를 기다리느라 먹지도 않았어….
내가 볼 수 있게 네 날렵한 코를 보여줘, 내가 만
질 수 있게 해줘, 수많은 털 중에서도 네 털은 알
아볼 수 있어…. *(긴 침묵. 줄기와 잎이 없는 몇몇 꽃송
이가 사라진다)* 어디 있는 거니? 로라… 가지 마!

그녀 *(아주 또렷한 목소리로, 탄식하며)* 아…! 나는 로라가
아니야!

나　(목소리를 낮추며) 울고 있는 거야?

그녀　(낮은 목소리로) 아니. 내가 널 한없이 기다리던 빛
　　과 어둠 속에서 마치 사람의 눈물 같은 눈물, 내
　　황금색 눈동자에 글썽이던 그 눈물은 이제 끝이
　　라는 걸 알아.

나　(말을 가로막으며) 황금색? 잠깐만! 황금색, 더 어두
　　운 금빛 눈썹으로 둘러싸인, 그리고 반짝이는….

그녀　(부드럽게) 아니, 그만둬, 넌 또 내가 전혀 들어본
　　적 없는 이름으로 나를 부를 거야. 어쩌면 오늘
　　밤 멀리 무덤에 누운 개들의 망령이 깨어나 질투
　　로 몸을 떨거나, 자신에게 열리지 않는 문을 긁
　　을지도 몰라. 다시는 날 찾지 마. 내가 왜 돌아와
　　야 했는지 넌 절대 모를 거야. 네 둔감한 손으로
　　더듬거리지는 마, 나를 둘러싼 검고 푸른 대기
　　속에서, 넌 나를 만날 수 없을 거야….

나　(초조하게) 네 옷… 밀밭의 그 색깔….

그녀　쉿! 옷은 다 없어졌어. 나는 단지 선일 뿐, 반짝
　　이고 구불구불한 선, 꿈틀거림, 길 잃은 원망, 마
　　침내 개들 사이에서 탄식의 잔여이자 죽음으로도

쉴 수 없는 탐색자….

나   *(소리치며)* 가지 마! 알아! 너는….

하지만 나의 외침은 나를 깨워 미명의 어둠을 녹이고 미완의 정원에 새벽을 몰고 온다. 그리고 다시 돌아올 자격이 있는 개가 한때 지상의 은혜를 모르는 자들 속에서 지녔던, 잊힌 이름의 음절을 땅 위에 흩뿌린다….

암고양이 노노쉬

녹색 열매가 드문드문 장밋빛으로 익어가는 마가목 뒤로 태양이 내려앉는다. 부드러운 담뱃잎이 시들시들 말라가던 길고 더운 하루가 저물고 이제 정원은 서서히 깨어나고 있다. 오늘 아침 투구꽃의 파란색은 확실히 그 빛을 잃었지만, 은빛 과분으로 덮였던 어제의 초록 서양자두는 오늘 밤 황금빛 속살을 품는다.

비둘기 떼의 거대한 그림자가 집안의 온기를 머금은 벽 위로 맴돌다 날갯짓 한 번으로 바구니 안에 잠들었던 노노쉬를 깨운다….

노노쉬의 털이 새의 그림자를 느꼈다니! 노노쉬는 자신에게 무슨 일이 일어났는지 아직 모른다. 재빨리 파란 눈을 가늘게 뜨고 혀에 물을 적신다. 아주 예쁜 소녀처럼 맹한 구석이 있다. 포르투갈 고양이의 반점이 그 어느 때보다 더 산만하다. 오렌지색 동그란 볼에, 관자놀이의 검은 띠, 입가엔 세 개의 검은 점, 분홍빛이 도는 콧등···. 시선을 아래로 내리자 세모난 얼굴의 미소 위로 흐뭇한 기억이 떠오른다. 달팽이처럼 몸을 둥글게 만 아들이 그녀의 품에 안겨 잠들어 있다.

"어쩜 이렇게 예쁠 수가! 많이 자랐네! 지금껏 이리도 예쁜 아이는 없었어. 다른 아이들은 이젠 기억도 나질 않아···. 아이가 참 따뜻하네."

그녀는 아들이 깰까 봐 조심조심 몸을 일으킨다. 그리고 낙타 등처럼 몸을 둥글게 구부리고 앉아 검은 반점이 박힌 입천장의 가는 줄무늬가 드러날 정도로 하품을 한다.

여러 차례 출산에도 불구하고 노노쉬는 나이답지 않게 어려 보인다. 건강미 넘치는 그녀는 오랫동안 젊음을 유지할 것이다. 걸음걸이나 군살 없이 날렵한 체구에선 네 번의 출산을 치른 열일곱 마리의 어미였던 티가 전혀 드러나지 않는다. 희귀한 새의 깃털처럼 흰색과 검은색, 오렌지색이 섞인 눈부신 가슴팍을 한껏 부풀린다. 햇살을 받아 짧고 무성한 털끝이 흰담비 털처럼 무지갯빛으로 반짝인다. 약간 길다 싶은 귀는 놀라는 표정을 지을 때 처진 눈에 우아함을 더한다. 짧고 날카로운 반달 모양의 발톱으로 무장한 날씬한 다리는 다정하고 신뢰할 만한 친구의 손에 얹을 줄도 안다.

사소한 것에 집착하고 몽상적이며, 열정적이고, 식탐에 어리광을 부리는 노노쉬, 그녀는 불손한 사람을 싫어하고 오로지 고양잇과에 속한 사람들에게만 마음을 열어준다. 이들 또한 이런 상황을 얼른 이해하지 못하고 이렇게 말한다. "참 변덕스러운 동물이군!" 변덕이라고? 천만에, 단지 예민할 뿐. 노노쉬는 거의 눈물을 쏟을 만큼 즐거워하다가도 끈이나 실뭉치를 미친 듯 물어뜯고 할퀴고 으르렁대며 히스테릭한 절정에 이르러야 직성이 풀린다. 하지만 이런 히스테릭한 순간도 제대로 쓰다듬는 손길 아래에선 금세 잠잠해진다. 작고 예민한 유방을 섬세하게 어루만지면 이 사나운 노노쉬도 토끼털보다 더 부드러운 허리를 뒤집으며 맑고 가는 소리로 마치 기침이라도 할 것처럼 가르랑거린다….

"어쩜 이리도 잘생겼을까, 내 아들!" 노노쉬는 제 아들을 물끄러미 바라보다 혼자 중얼거린다.

"바구니가 우리 둘한텐 너무 좁아. 이건 좀 어이없는 일이야. 이렇게 큰 애가 아직도 젖을 빨다니. 지금도 뾰족한 이빨로 젖을 깨물고 있잖아…. 접시에 담긴 물도 마실

줄 알고, 날고기 냄새에 들떠서 나만 졸졸 따라다니며 안절부절못하고, 좀 성급하긴 하지만 날 따라서 접시에 남은 음식 찌꺼기도 긁을 줄 알아…. 젖을 떼는 것 말고는 더 해줄 수 있는 게 없어. 내 오른쪽 세 번째 유두에 상처를 내다니! 맙소사. 내 배털이 온통 비에 쓸린 호밀밭처럼 보이잖아. 이럴 수가. 이 큰 녀석이 마치 갓 태어난 새끼처럼 두 눈을 감고 내 품으로 파고들며 이제는 넓적한 혀로 젖꼭지 주변을 핥아대니…, 녹초가 되도록 물고 빠는 이 녀석을 막을 힘이 없어!"

노노쉬의 아들은 발을 축 늘어뜨리고 고개는 뒤로 젖힌 채 줄무늬 털 속에서 죽은 듯 자고 있다. 이제 막 젖을 빤 뒤라 벌어진 입 사이로 벌건 혀끝이 삐져나왔다. 네 개의 단단한 이빨은 투명한 규석을 뾰족하게 깎아 놓은 듯하다.

노노쉬는 한숨을 쉬고 하품을 짓더니 조심스레 아들을 건너뛰어 바구니 밖으로 나온다. 발바닥에 닿는 계단의 온기가 만족스럽다. 잠자리 한 마리가 날아다니다 얇고 까칠한 날개로 노노쉬의 귀를 귀찮게 건드릴라치면 몸을 부르르 떨며 눈썹을 찌푸려서, 이 터키 모자이크 무늬의 기다란 벌레를 눈매로 위협한다.

산이 짙푸르게 변해간다. 계곡 바닥에서 하얀 안개가 피어올라 파도처럼 유유히 출렁인다. 이 안개 호수에서 시원한 입김이 올라오자마자 노노쉬의 코가 살아나고 촉촉해진다. 멀리서 귀에 익은 목소리가 끊임없이 높은 톤으로 단조롭게 외친다. "이쪽으로 와, 이리로, 이쪽으로, 이쪽으로… 암소들아! 이쪽으로 와, 여기로…." 워낭이 울리고 바람결에 평화로운 외양간 냄새가 실려 온다. 노노쉬는 우유 양동이를, 가장자리에 묻은 우유 거품을 핥을 수 있는 빈 양동이를 떠올린다. 갈증과 무력감에 젖은 야옹 소리를 한 번 낸다. 그녀는 지루하다. 얼마 전부터 황혼이 질 때면 공허한 느낌과 막연한 욕망으로 짜증 섞인 우울함에 빠져들곤 한다…. 털 손질이라도 해볼까? '기분 전환엔 이만한 것도 없지!' 그리고 뒷다리를 허공으로 뻗으며 우리가 익히 알고 있는 오래된 캉캉 춤을 따라 한다.

일찍 나온 박쥐가 공중에서 지그재그로 선회한다. 낮게 날고 있는 박쥐의 두 눈과 무화과 같은 적갈색 배가 보였다. 박쥐는 정말 이해할 수 없는 동물이다. 생김새부터 의심스러운 불안을 불러일으킨다. 생각이 꼬리를 물고 고슴도치, 거북이 같은 불가사의한 동물들로 이어지다가 내일은 비가 와도 상관없다며 침에 젖은 발로 귀를 긁었다.

그러나 뭔가 그의 움직임을 멈추게 했다. 뭐지? 노노쉬의 귀가 쫑긋 서고, 황록색 눈동자가 점점 검게 변한다….

포도밭의 황금색 포도송이들 너머 짙은 어둠이 단번에

내려앉은 숲속에서 단조로이 길게 끄는 야생의 교활한 곡조가 주변의 낯익은 소음을 뚫고 들려오는 게 아닌가.—'고양이 마투인가?'

귀를 기울였지만 아무 소리도 들리지 않는다. 착각일까…. 아니야! 소리가 다시 시작되었다. 멀리서, 흐느끼듯 음산하고 쉰 소리가 또렷이 들려온다. 노노쉬는 흡사 고양이 동상처럼 고개를 쭉 내밀어 콧수염만 미세하게 움직이며 콧구멍을 벌름거린다. 어디서 들려오는 소리지? 도대체 무슨 일일까? 소리는 반복적으로, 음조를 바꿔가며 때론 부드럽고 때론 위협적으로 변하며 점점 가까워지지만, 실체는 여전히 보이지 않는다. 검은 숲에서, 그 어둠 자체의 소리처럼….

"이리 와!… 이쪽으로 와!…. 지금 오지 않으면 언제나 방황하며 살게 될 거야. 이건 단지 시작일뿐이야. 하지만 기억해 둬. 앞으로의 모든 시간은 욕망의 전령인 내 목소리로 가득 차겠지…. 이리 와!…."

"넌 알고 있어, 내가 밤새도록 애처롭게 울부짖을 수 있다는 걸, 나는 먹지도 마시지도 않을 거야, 왜냐하면 내 삶은 그저 내 욕망이면 충분하니까, 그리고 나는 사랑으로 더 강해져! 이리 와!…."

"넌 내 얼굴을 모르지만 그건 중요하지 않아! 나는 열 번의 여름으로 누더기가 되고 열 번의 겨울로 단련된 마투라고 자랑스럽게 말할 수 있어. 내 다리는 오래된 상처로 절뚝거리고, 코는 흉터로 일그러졌어. 귀는 맞수의 이빨에 찢겨 한쪽만 남았지."

　"맨 흙바닥에서 지내느라 내 털도 흙의 색깔이 되었어. 오랜 떠돌이 생활로 단단해진 발이 노루의 발굽처럼 오솔길에 울려 퍼져. 나는 늑대처럼 걷고 뒷다리는 낮게 털 없이 뭉툭한 꼬리로 이어져…. 움푹한 옆구리는 언제나 비어있고 살육과 탈취에 이끌린 내 피부는 앙상한 근육 위로 미끈거려…. 추한 몰골은 내게 사랑과 같아! 이리와!…. 내가 네 앞에 섰을 땐, 넌 내게서 오직 사랑밖에 볼 수 없을 거야."

　"내 이빨이 너의 뻣뻣한 목을 움츠리게 하고, 네 옷을 더럽히고 물어뜯은 만큼 또 널 쓰다듬겠지. 안락한 집에 대한 너의 기억을 내가 없애버릴 거야. 넌 며칠 밤낮으로 야성의 동료가 되어 울부짖겠지. 네가 암흑의 시간에 혼자 남겨질 때까지. 네가 지겨워진 나는 아직 겪어보지 못한 것, 알지 못하는 것에 부름을 받아 은밀히 사라질 테니. 그러면 넌 굶주린 채, 비루하게, 진흙투성이로 눈마저 창백해진 채 무거운 짐을 얹은 듯 움푹 내려앉은 허리를 끌고 너의 집으로 돌아가겠지. 그리고 우리의 사랑이 다시 떠오르는 꿈에 소스라치며 긴 잠 속으로 달아날 거야….
이리 와!…"

노노쉬는 귀를 기울인다. 유혹자는 어둠을 통해 그녀를
볼 수 있고 거짓말은 연인의 첫 번째 장식이기에 노노쉬
의 태도는 무덤덤하다. 노노쉬는 그저 귀를 기울일 뿐, 그
이상은….

어둠이 점점 바구니에 있는 그녀의 아들을 깨운다. 털
을 뒤집어쓴 애벌레, 어미 젖을 찾아 버둥거리는 다리….
그는 어색하게 일어섰다가 다시 제 키보다 더 널찍하게
엎드리며 유치한 위엄을 뽐낸다. 녹색이 될 수도, 낡은 금
색이 될 수도 있을, 어렴풋한 푸른 눈동자가 불안스레 흔
들린다. 소리를 내보려고 산양을 닮은 오뚝한 코에 얼굴
줄무늬를 모으고 코를 부풀린다…. 그러나 영리하게도 이
내 침묵을 지키고는 안심한다. 계단에 앉아 있는 어미의
화려한 등을 보았기 때문이다.

대대로 물려받은 본능에 충실한 고양이는 짤막한 네 다
리로 서서 귀는 뒤로 젖히고 어깨는 낮추어 등을 구부려
세운 채 재밌는 장난감으로 돌진하듯, 무방비 상태인 어
미의 품에 뛰어든다. 노노쉬는 전혀 예상치 못한 재미난
장난! 노노쉬는 소리를 지를 뻔했다. 분명 저녁 식사 전까
지 미친 듯이 뛰놀 것이다.

그러나 신경질적인 발길질이 녀석을 계단 아래로 던져 버렸다. 곧바로 분노에 찬 눈빛과 맹수의 공격성으로 우박 같은 둔중한 주먹질이 그 위로 쏟아졌다. 새끼 고양이는 모래를 뒤집어쓴 채 일어서서 머릿속에 윙윙대는 소리에 놀라 감히 이유도 묻지 못하고, 이제는 젖을 빨 수도 없게 된 어미를 따르지도 못하고 유령의 숲을 향해 어두운 오솔길을 따라 담담히 걸어간다….

토비, 개가 말하다

작고 조용한 실내. 무대 뒤에서 시끌벅적한 소리가 난다. 샤르트뢰 고양이 키키는 오지 않는 잠을 자려고 뒤척인다. 보이지 않는 누군가의 손에 문이 열리고, 작은 불도그 토비가 기죽은 채 들어온다. 곧바로 문이 닫힌다.

키키   (*기지개를 켜며*) 이봐, 이봐, 또 뭔 일을 저지른 거야?

토비   (*처량하게*) 별일 아니야.

키키   아 됐고! 그 우거지상은 뭐야? 저 떠들썩한 소리는 또 뭐고?

토비　아무것도 아니라니까? 제길! 네가 믿을지는 모르겠지만, 차라리 그녀가 애지중지하는 페르시안 카펫을 물어뜯었거나 화병을 깼다면 차라리 낫겠다. 이해할 수가 없어. 도대체 왜 그러는지 전혀 알 수가 없어, 난.

키키　*(거만하게)* 나약하긴! 날 보라고, 천체 꼭대기에 앉은 것처럼 세상을 내려다보고 있잖아. 나처럼 완벽한 평정을 유지해 봐.

토비　*(갑자기 말 자르며)* 그건 네 그 마법의 꼬리를 둥글게 말아서 그 안에 숨는 거지, 안 그래? 난 꼬리가 없다고, 엄청 짧아! 난 내 엉덩이를 너처럼 꼬리에 그렇게 끼워 본 적이 없다고.

키키　*(왠지 흥미가 당기지만, 무심한 척)* 말해봐.

토비　그래. 그녀와 나, 우리는 서재에서 아주 평온한 시간을 보내고 있었어. 그녀는 편지와 신문 그리고 거창하게 '백 개의 눈이 달린 잡지'라 불리는, 한쪽 면이 붙은 종이 쪼가리들을 읽고 있었어. "제길" 갑자기 그녀가 소리를 지르더라고. 그러더니 "쓰레기들"이란 말도 했지. 주먹으로 책상을 내리치는 바람에 쌓여있던 종이들이 바닥으로 흩어졌어…. 그녀는 창가에서 일어나 문까지 걸어가며 손가락 하나를 깨물고, 머리를 긁다가 코끝을 신경질적으로 문지르더라고.

나는 이마로 테이블 융단을 들어 올리며 눈으로는 그녀를 쫓았어….

"아, 네가 있었지." 그녀가 가소롭다는 듯 웃더군. "당연하지, 바로 너, 넌 상황 파악을 잘도 하네. 바로 지금이, 터키 융단을 머리에 얹고, 머리 술을 내려뜨려서, 그렇지, 머리 술, 그렇고 말고, 머리를 동양식으로 꾸밀 시간이란 말이지, 이 개가 지금 날 놀리는 거야. 완벽하군." 그녀는 손가락을 튕기며, 머리에 덮인 융단 자락을 팽개치고 비장하게 두 팔을 천장으로 치켜들더니 "지겨워!"라고 소리를 쳤어. "난! 내가 하고 싶은 대로 할 거야!"

그 외침 뒤에 무시무시한 침묵이 이어졌지. 내 영혼 깊은 곳에서는 그녀에게 이렇게 말하고 있었어. "내 삶을 다스리는 당신, 무엇이든 할 수 있는 당신, 미간 주름을 딱 한 번 찡그리는 것만으로도 하늘에 구름을 모두 끌어모으는 당신, 누가 당신을 막을 수 있나?"

내 속엣말을 들었는지 그녀가 조금 차분해지더군. "난 내가 하고 싶은 걸 할 거야. 무언극이나 희극에도 출연하고. 춤도 추고 싶어, 만약 타이츠가 거추장스럽거나 우스꽝스럽다면 홀딱 벗고 춤을 추겠어. 괜찮은 섬이 있다면 거기서 나오지 않을 거야. 그게 아니면 매력적인 여인들과 사귀고 싶어. 마치 수많은 창녀가 그런 것처럼 명랑하고, 엉뚱하고, 게다가 우수에 젖고 현명하기만 하면야. 풍경, 꽃, 슬픔, 긍지, 그리고 인간을 무서워하는 사랑스러운 동물들의 천진함이 있는 슬프고 순결한 책을 쓰고 싶어. 친절한 얼굴에는 미소를 보내고 추하고 더럽고 냄새나는 사람들에게서는 멀리 떨어지고 싶어. 나를 사랑하는 사람들을 소중하게 여기고, 내가 가진 모든 걸 그들에게 주고 싶어. 내 몸은 나눌 수 없지만 내 뜨거운 심장과 나의 자유를 나누고 싶어. 나는 그런 걸 원해, 그걸 원한다고! 오늘 밤 감히 누군가 내게 '하지만, 자기야, 결국엔….' 이렇게 말한다면, 그 사람을 죽여버리겠어…. 아니면 음… 눈알을 파버리든지. 아니면 지하 창고에 가둬버리겠어."

키키   (혼잣말처럼) 지하 창고? 나한테는 그곳이 일종의 보상인데. 지하 창고라면 언제든 가보고 싶은 곳이지, 채광창으로 빛이 스며드는 어슴푸레한 공

간, 그리고 쥐를 쫓는 마늘 냄새와 곰팡내 나는
밀짚 냄새로 가득한….

토비 *(듣지 않고)* "정말 지긋지긋해, 알겠어요?" (그녀
가 혼잣말로 누군가 들으라는 듯 이렇게 외쳤을
때 나는 처량하게 테이블 밑에서 떨고 있었어)
"난 이제 이 거북이들을 보지 않을 거야!"

키키 이…, 뭐?

토비 이 거북이들. 분명히 그렇게 들었어. 어떤 거북
이냐고? 그녀는 우리에게 꽤 많은 걸 숨기고 있
다고! "…이 거북이들! 그들은 둘, 셋, 넷, 마치
꾀꼬리 둥지에서처럼 그 **남자**에게만 매달려있
어. 그에게 달콤한 말을 속삭이거나 편지를 쓰
지. '내 사랑, 그 여자가 죽으면 나랑 결혼할 거
라 말해줘.' 물론 그렇고말고! 그는 그 여자들을
한 명씩 차례차례 이미 받아들였어. 선택할 수도
있겠지. 수집하기 좋아하거든. 그 남자에겐 그게
필요해, 왜냐하면 그 여자들이 원하니까. 음악엔
관심이 많지만, 철자법엔 서툰 벌건 얼굴의 사교
계 부인, 회계사처럼 건조한 손으로 편지를 쓰는
늙은 처녀, 가증스러운 인간들, 납작한 엉덩이
에 갈색 머리 미국 여자, 눈썹을 내리깐 채 허리

를 흔들며 짧은 머리와 납작한 옷깃에 열광하는 뻔뻔한 일당들, '오, 선생님, 저예요, 진짜 클로딘….' 어린 체하는 진짜 클로딘이라니, 그걸 말이라고!"

"그 여자들 모두 내가 죽기를 바라고 있어. 또 내게 연인들이 있다고 꾸며대. 그 여자들이 그 사람을 둘러싸고 광란의 원무를 추는 거야. **그 사람**은 여린 사람, 바람기 많은 사람, 자신이 불러일으킨 사랑에 심취한 사람, 수많은 여자의 갈고리 같은 새끼손가락에 걸려 발목 잡히는 걸 마치 게임처럼 기꺼이 즐기는 **그 사람**…. 그는 여자들이 그 알량한 교육 덕택에 억누르고 있던 자신들의 못된 짐승이 거리낌 없이 날뛰도록 부추겨. 그들은 하르퓌아*의 희열과 분노로 거짓말하고, 간음하고, 남편이나 애인을 속여. 그 사람에 대한 사랑만큼이나 나에 대한 증오심으로…"

"이젠…, 모두 안녕이야. 모두 안녕! 그 여자들에게 그를 내맡기겠어. 아마도 어느 날, 내가 그 여자들을 알아봤듯이 그 역시 나처럼 그들이 누군지 알아보겠지. 작고 게걸스러운 암퇘지의 얼

✤ 새의 몸에 여자 얼굴을 한 그리스신화 속 괴물. 폭풍과 죽음을 다스린다.

굴을 지닌 그 여자들 말이야. 그는 자신의 허망한 기벽에 역겨움을 느끼고 깜짝 놀라 몸을 부들부들 떨며 도망칠 거야…"

나 역시 그녀의 격한 감정에 동화되어 그녀처럼 숨을 가쁘게 몰아쉬었어. 그녀가 내 숨소리를 들었는지 테이블 융단 아래로 네발로 기어서 자기 머리를 내 머리 앞으로 디밀더군.

"아니야, 다 부질없어! 단연코. 이 작고 네모난 개가 내 생각을 바꿀 순 없어, 어림없지! 그가 진정한 사랑을 이해하지도, 알지도 못한다면 다 부질없는 일이지! 뭐? 내 인생 또한 부질없다고? 천만에, 토비. 난, 난 사랑을 해, 내가 사랑하는 모든 것을 너무나 사랑해! 내가 사랑하는 모든 것을 내가 얼마나 아름답게 가꾸는지, 내가 얼마나 기쁘게 사랑에 헌신하는지 네가 알 수만 있다면! 내가 어떤 열정과 상처로 내 사랑을 가득 채웠는지 네가 이해할 수만 있다면! 내가 행복의 손길이라 부르는 것이 바로 그거야. 행복의 손길…, 날개 끝이 기류를 파고들듯 내 등을 따라 부드러운 골로 파고드는 허공의 애무…, 눈물로 녹을 준비가 된 신비한 전율, 은빛 안개로 물든 정겨운 풍경 앞에서, 새벽이 밝아오는 하늘 앞에서, 농밀하게 익어가는 가을, 사향 가득한 숨결을 불어 넣는 나무 아래, 내가 찾고 또 내게 다가오는 가벼운 불안…, 하루의 끝자락에 찾아드는 야릇한 슬픔, 아무런 이유 없이 사슴의 심장보다 더 세차게 뛰는 심장의 두근거림, 그 슬픔이 바로 행복의 손길이야, 가장 충만한 시간 속에 존재하는…, 그리고 내 진실한 친구의 시선 그 깊은 곳에도…"

"감히 내 삶이 쓸모없는 삶이라 말하다니! 넌 오늘 밤 아무것도 먹지 못할 거야."

그녀가 고개를 좌우로 단호하게 흔들자 머리카락이 얼굴 주변에서 찰랑이는 것을 볼 수 있었어. 그녀는 나처럼 네 발로 납작 엎드린 채 달려들려는 개처럼 보였고, 나는 그녀가 차라리 나처럼 짖을 수 있기를 바랐어.

키키 *(격분해서)* 짖어야지? 그녀라면! 완벽하진 않겠지만 어떻든, 짖어야지! 만약 그녀가 네발로 기면서 말해야 한다면 고양이처럼 야옹거렸으면 좋겠네.

토비 *(말을 받으면서)* 사실, 그녀는 전혀 짖지 않았어.

냉큼 일어서더니 얼굴로 흘러내린 머리를 뒤로 넘기더라.

키키 그래, 그녀는 앙고라의 머리를 갖고 있어. 머리만.

토비 그리고 앞뒤가 안 맞는 말들을 되는대로 막 하기 시작했어. "그래, 바로 그거야, 나는 내가 하고 싶은 대로 할 거야. 겨울엔 짧은 소매 옷을 입지 않고 여름엔 목을 덮는 옷을 입지 않을 거야. 모자를 거꾸로 뒤집어쓰지도 않을 것이고, 림멜스 카페에서 차도 마시지 않을 거야, 레델스페르거에도 안 갈 거고…. 쇼즈 상점도 물론. 그리고 전시회 개막 전야 파티에도 안 가겠어. 오후에는 사람들로 붐비는 곳을 걸어야 하고 파티가 끝나면 갓 바른 석고와 지하실 악취 속에서 뻣뻣하고 헐벗은 동상들이 둥근 천장 아래서 오들오들 떨고 있는 음산한 아침을 맞아야 하니까…. 쉴 곳도 없이 거기서 밤을 보내느라 파리해진 얼굴을 한 채 얇은 드레스를 입은 여자들이 기침해대고 드문드문 남자들이 서성이는 바로 그런 시간이지….

그리고 시사회마다 늘 오던 관객들도 더 이상 내 우울한 미소와 움푹 꺼진 눈은 보지 못할 거야. 도도한 척 콧대를 세우느라 피로하고 굳어 버린 수많은 여자와 마찬가지로 나이 든 얼굴을 감추려 화장에 쏟아붓는 노력과 막간 휴식 시간의 지루함으로 움푹 꺼진 내 눈 말이야…, 듣고 있지?"

그녀가 소리를 질렀어. "내 말 알아들었냐고! 이 못생긴 얼룩 두꺼비야, 이 쥐꼬리만 하고 소심한 똥개야! 난 이제 시사회 따위엔 가지 않을 거야. 아니면 객석 반대편으로 가던가. 무대에선 춤을 출 거야, 옷을 입든 벗든, 오직 춤을 춘다는 기쁨으로 음악의 리듬에 내 몸을 맡기고 조명을 받으며, 빛 속에 눈먼 파리처럼 돌고 또 돌며 춤을 출 거야. 베일이 나를 뒤덮고, 연기의 소용돌이처럼 나를 감싸고, 작은 배의 돛처럼 내 몸짓 뒤로 펼쳐지는 아름답고 느린 춤을 발명할 테야…. 나는 조각상, 생기 넘치는 꽃병, 뛰어오르는 짐승, 흔들리는 나무, 술에 취한 노예가 될 거야…"

"그렇다면 누가 감히 내 예민한 귀에 바싹 다가와 모멸과 비하의 말을 속삭였을까? 토비, 이 둔한 녀석아, 잘 들어. 나는 내가 가치 있는 사람이라는 걸 지금보다 더 절실하게 느낀 적이 없어! 마음 깊은 곳에 나 자신을 가두고 심각해지더라도 가끔 이탈리안 발레 선생의 다정한 목소리를 떠올리며 소리 내어 웃어. '이봐, 이쁜이, 도대체

뭔 생각을 하는 거야! 내가 말하잖아, 소드바스크, 두 번! 그리고 마무리로 작게 한 번!….'"

"나는 이 반들반들한 갈색 피부를 가진 남부인 특유의 지나치게 허물없는 태도에도 상처받지 않아, 한 달에 50프랑을 받으며, 실패를 한탄하고 체념에 젖은 오페라 단역배우의 익숙한 무기력에도 상처받지 않아: '우리 같은 예술가들이야 그렇지 뭐, 원하는 걸 늘 마음대로 할 수는 없지…' 그리고 리허설 때 무대 감독이 양순한 불도그 같은 콧방울을 내게 돌리며 쉰 목소리로 '입 좀 다물고 조용히 할 순 없나요, 당신들 모두 참 한심하군….'하며 투덜거릴지라도, 집에 돌아와 침대 위 선반에 모자를 던질 때 다정한 목소리가 이렇게 소곤거려 준다면 화를 낼 생각도 들지 않아. '피곤하지, 내 사랑?….'"

이 부분에서 그녀의 목소리는 힘을 잃었어. 마치 자신에게 말하듯 희미한 미소를 지으며 "피곤하지, 내 사랑?"이라고 반복한 후에 갑자기 히스테릭한 눈물을 터트렸지. 억눌렀던 격한 눈물이 그녀의 두 볼을 타고 반짝이며 흘러내렸어. 도도하게…. 그녀가 울 땐 난, 너도 알다시피, 내 삶이 내게서 멀어지는 것만 같아….

키키   알아, 그래서 울었던 거야?

토비   그녀와 함께 눈물을 흘렸던 거지, 그게 다야. 하
       지만 결과는 좋지 않았어! 그녀는 내 등가죽을
       마치 작은 네모난 여행 가방처럼 잡고, 내 무고
       한 머리에 싸늘한 욕설을 날렸어. "이 버릇없는
       녀석아. 시도 때도 없이 미쳐 날뛰는 찌질이, 소
       심한 두꺼비, 굼벵이 같은 물범…" 그다음은 너
       도 잘 알 거야. 문소리도 들었고, 그녀가 휴지통
       에 내던진 부지깽이 소리도, 석탄 양동이가 옆으
       로 굴러떨어지는 소리도 들었을 테고, 모두….

키키   들었어. 아둔한 불도그의 머리로는 이해할 수 없
       는 것까지 다 들었지. 너무 괴로워하지 마. 그녀
       와 나, 우리는 대체로 말로 설명하는 걸 아주 싫
       어해. 누군가 가끔 내 등을 서투르게 거꾸로 쓰
       다듬을 때면, 평화롭고 고요한 휴식을 방해받은
       나는 사납게 으르렁거리며 날카로운 발톱으로
       번개처럼 내리칠 때가 있어…, 그러면 어떤 바보
       는 "이런 고약한 고양이!"라고 소리를 질러….
       그는 내 발톱만 봤지 내 신경을 건드려 부아가 치
       미는 것도, 내 등 피부가 늘어나는 찌릿한 통증
       도 짐작하지 못해…. **그녀**가 미친 듯이 행동할
       때, 넌, 너의 각진 어깨를 한 번 으쓱하면서 "미

쳤군!”이라고 말하지는 마. 오히려 서투른 손,
위험으로 치달을 수 있는 무분별한 행동과 웃음,
절규로 표현되는, 감추어지고 견딜 수 없는 아픔
을 찾아야 해….

동물들의 대화

시골의 여름. 콜레트는 긴 등나무 벤치에 누워 졸고 있다. 그녀의 두 친구, 불도그 토비와 고양이 키키는 모래 위에 배를 깔고 엎드려있다….

토비　　*(하품하며)* 아아~! 아!

키키　　*(잠에서 깨어)* 뭐라고?

토비　　아무것도 아냐. 왠지 자꾸 하품이 나.

키키　　배가 아픈 거야?

토비　아냐, 우리가 여기 온 지 일주일짼데, 뭔가 허전한 느낌이 들어. 이젠 시골도 별로인 것 같아.

키키　넌 원래 시골을 좋아하지 않았어. 아니예르나 부와꼴롱브 같은 작은 도시가 네가 생각하는 시골의 다야. 넌 파리 교외에서 태어났잖아.

토비　*(듣지 않고)* 이젠 놀고먹는 것도 지겨워. 일하고 싶어!

키키　내가 말하잖아, 넌 교외 태생이라고. 그리고 넌 과대망상증이야. 일을 하다니! 오, 세상에! 이 쓸모없는 개가 일을 한대, 일을!

토비　*(고상하게)* 웃고 싶으면 실컷 웃어. 그래도 난 6주 동안 콜레트와 함께 폴리-엘리지엔느 극장에서 일했다고.

키키　콜레트는…, 다르지. 그녀는 좋아하는 걸 했을 뿐이야. 고집 세고 자유분방한 데다 엉뚱하잖아. 그런데 넌! 뒤죽박죽이고, 우유부단하고, 그저 뜬구름이나 잡는 녀석이고.

토비　그런 말 말고 다른 말은 없는 거야?

키키 없지, 당연히!

토비 (*거만하게*) 그렇다면, 그런 말은 도로 넣어둬. 예
      전의 활기찬 삶을 꿈꾸며 후회가 들끓게 그냥 내
      버려 둬. 아! 그 멋진 파티들! 모두가 나를 좋아
      했지! 오, 폴리-엘리젠느 극장 지하실의 그 냄
      새! 벌집처럼 좁은 칸으로 나뉜 그 길쭉한 지하
      실엔 금테 두른 파란 옷에 가짜 칼을 허리에 꽂
      고, 머리엔 화려한 깃털로 한껏 치장한 작은 여
      인들이 한가득 분주히 뛰어다녔지…. 지금도 눈
      부시게 멋진 그 장면이 눈에 선하네. 엉덩이 통
      통한 한 무리의 장군들이 행진하던 그 영불 협정
      장면 말이야! 아! 슬프도다….

키키 (*혼잣말로*) 토비, 그 대사는 브리샹또의 대사야.*

토비 (*감격적으로*) 그런 감동의 현장에 콜레트와 내가
      딱 맞춰 도착한 거야. 그녀는 바지런한 꿀벌처
      럼 제 방문을 걸어 잠그고, 우리 머리 위에서 무
      대 바닥을 차며 걷는 그 작고 멋진 장군들과 비슷
      한 분장을 시작했지…. 나는 기다리고 또 기다렸
      어, 황금 풍뎅이 색깔의 몸에 꼭 끼는 타이츠를

✤ 19세기 프랑스 뮤지컬의 등장인물. 화려하고 극적인 대사로 유명하다. 여기서는 토비의
과장된 말투를 비꼬고 있다.

입은 그녀가 열기로 가득한 복도로 문을 다시 열기를 말이야. 나는 방석에 엎드려 벌통 같은 복도의 소음을 들으며 숨을 약간 몰아쉬고 있었지. 내 귀엔 메로빙거 전사들의 육중한 발소리가 들렸어. 부엉이 날개 모양의 강철 투구를 쓴 이 무시무시한 존재들은 마지막 장면에서 갑자기 신성한 참나무 아래 그 모습을 드러냈었지. 긴 금빛 콧수염에 뿌리째 뽑힌 나무로 무장을 하고 노래를 불렀는데, 잠깐…, 이 얼마나 아름답고 느린 왈츠던가!

저 멀리 여명이 밝아오면,
모두가 숲으로 달려간다네
결코 싫증 나지 않는
사냥의 절묘한 즐거움을 누리고자!
그들은 그곳에 죽이려고 모였네
…깊은 숲속에는
궁지에 몰린 가젤과
사슴의 무리가 보인다네….

키키 (혼잣말로) 시네, 시야!

토비 이젠 이 모든 것들과도 작별이야, 아듀~ 나의 반짝이는 친구 바리올–또게 부인! 그대는 전장에

진을 친 군대보다 더 아름다웠고, 영불 협정을 기리는 그대의 격정적인 찬사를 떠올릴 땐 나의 애국심, 더없이 프랑스적인 이 견공의 마음도 잔 뜩 부풀어 오른다오! 장밋빛 깃털과 파란 허리 띠, 하얀 드레스를 입은 그대는 바로 아름다운 골족의 암탉이었지만, 그대는 여전히,

파리의 여인, 진홍의 별
눈 부신 빛을 뿜어내는
파리의 여인, 그녀가 여기 있네
우울을 몰―아―내려고.
그녀가 오기만 하면
모두의 마음이 환하게 밝아진다네!

키키 *(흥미를 보이며)* 그게 누구 시지?

토비 나도 몰라. 하지만 이 장엄한 리듬이 내게 씁쓸함을 자아내. 나는 엘리젠 극장의 날씬하고 생기발랄한 여배우들이 내 털에 온통 분홍색 흰색 반짝이들을 묻혀가며 작고 단단한 가슴으로 차례차례 숨 막힐 정도로 나를 꼭 끌어안으려 무대에서 내려오기를 기다리곤 했어…. 나는 떨리는 마음으로 기다렸었지. 마침내 콜레트가 나를 홀리는 용광로 같은 빛을 향해 무심히, 헤아릴 수 없는 즐

거움을 감춘 채 침착하고 과감하게 무대 위로 오르는 그 순간 말이야. 잘 들어, 고양이야, 난 살면서 꽤 많은 것을 보았다고.

키키 　*(혼잣말로, 측은히 여기며)* 그렇게 여긴다면야.

토비 　모두가 내가 오기를 기대하고, 떠들썩한 환영과 웃음으로 나를 반기던, 내 추억의 앨범 속 폴리-엘리젠 극장 같은 곳은 세상 어디에도 없어! 소심하고 게다가 근시인 나는 무대 옆쪽 어둠 속에만 머물며 머리만 내밀고, 속삭이듯 말하는 이상한 사람과 첫인사를 나누었지. 그와 친구가 되었지만, 저녁마다 그의 기괴한 면에 놀라서 바닷가재처럼 튀어나온 내 눈으로 그를 쏘아보곤 했어. 두 번째는, 그곳의 여주인인 양 언제나 하얀 치아가 살짝 드러난 한결같은 미소로 '아' 소리로 모든 방문객을 맞이하는, 까르낙이라 불리는 생기 넘치는 초연 배우였어. 나는 누구보다 그녀를 좋아했지. 무대 밖에서, 립스틱 짙게 바른 생기 넘치는 입술이 웃음을 터뜨리며 숱한 단어들을 내뱉었는데, 내겐 물을 머금은 꽃보다 더 신선하게 느껴졌어. "젠장 멍~청한 놈, 빌어먹을 못된 포주 같으니라고. 늙은 낙타 같은 의상담당, 내 가랑이 사이로 지퍼를 다는 바람에 그게 뽑혀서…” 그다음 말이 뭐였는지 잊었어. 나는 얌전하게 혀로 이 까탈스러운 소녀의 작은 손가락들을 핥고 난 다음, 어떤 이에게는 아양을 떨고, 어떤 이에겐 짖기도 하면서, 사람들이 내미는 사탕들을 재빠르게 고르며 무대 전면을 이쪽저쪽으로 마구 뛰어다녔어.

키키 *(혼잣말로)* 이런 망나니!

토비 그리고 또, 오른쪽 무대 앞에서, 모슬린이나 반짝이 옷자락에 파묻히고, 목걸이가 달린 풍만한 가슴에 안겨 보낸 시간을 내가 정녕 잊을 수 있을까? 하지만 그녀가 내 즐거움을 너무도 빨리 앗아갔어, 연기를 마치고 무대에서 내려오자마자 장갑 낀 손으로 내 목덜미를 낚아챘거든. 그 황홀한 시간은 정말 어처구니없게 끝나곤 했지. 그녀는 즐거워하는 청중들 눈앞에 나를 들어 올리며 이렇게 외쳤거든. “신사 숙녀 여러분, 여기 이 녀석이 무대 전면을 독차지한 똥개랍니다!” 그녀는 또 빈정대는 입 모양으로 허공에 대고 웃었는데 이 비꼬듯 떠들썩한 요란함으로 자기의 진짜 모습을 가렸던 거지. 알아?

키키 *(간단히)* 알지.

토비　그러고 나서 우리는 환하게 불 켜진 분장실로 내려갔어. 그녀는 얼굴 분장을 지우고 속눈썹의 파란 마스카라를 닦아냈어. 그녀가…, *(잠든 그녀를 바라보며)* 저기 있네. 자고 있어. 아무런 미련도 없어 보이네. 저 표정을 봐. 더할 나위 없이 행복하게 보여. 하지만 그녀가 팔베개에 머리를 얹고 한참 꿈을 꿀 때면, 그녀도 나처럼 온통 진주 같은 작은 전구들로 장식한 파리의 화려한 봄밤을 떠올리는 건 아닌지 생각하곤 해. 그녀의 눈 깊은 곳에서 빛나고 있는 건 아마도 그런 것들이 아닐까?

키키　아니, 내가 알지. 내게 말해줬거든.

토비　*(샘이 나서)* 내게도 이야기해 줬어.

키키　같은 이야기는 아닐걸. 너한테는 날씨 얘기나, 자기가 먹고 있는 토스트, 방금 날아간 새에 관한 이야기만 하지. 예를 들면 "이리 와. 뒤를 조심해. 넌 멋져. 못났구나. 넌 내 얼룩무늬 두꺼비, 착한 개구리야. 이 똥은 먹으면 안 돼…" 이런 말들이야.

토비　그것도 꽤 다정한 말이잖아, 안 그래?

키키   아주 다정하지. 하지만 그녀와 나, 나와 그녀 사
       이의 믿음은 전혀 다른 종류야. 우리가 여기 온
       뒤로, 그녀는 거의 말없이 자기 비밀을 털어놨
       어. 본능적으로 꿰뚫어 보는 내게 말이야. 그녀
       는 슬픔을 좋아하고, 행복보다는 감미로운 고독
       을 즐겨. 그녀는 지치지 않고 시간에 따라 색이
       변하는 모습을 지켜봐. 자주 산책을 나서지만 멀
       리는 가지 않고, 활동 반경은 낡은 성벽으로 둘
       러싸인 사방 1km에 제한되어 있지. 이따금 부드
       러운 바람에 드레스의 굴곡을 그대로 드러낸 채
       머리카락을 호밀 이삭처럼 나부끼며 마치 모험
       의 천재인 듯 산꼭대기에 서 있는 그녀를 본 적이
       있나? 감동하지는 마. 그녀의 시선은 공간과 맞
       서지 않고 공간을 살피지, 단지 자기 영역으로 걸
       어 들어오는 침입자나 자신이 돌아갈 길을 방해
       하는 자만 노려볼 뿐이야. 감상적으로 말해볼까?

토비   말해봐.

키키   그녀는 미지의 것을 좋아하지 않고, 오직 이 오
       래된 한적한 장소, 어린 시절 그녀의 무수한 발
       걸음에 닳디 닳은 이 문지방, 그녀가 속속들이
       알고 있는 이 쓸쓸한 정원만을 소중히 여기지.
       넌 그녀가 여기, 우리 옆에 앉아있는 것 같아? 그

녀는 계곡 뒤편의 따뜻한 바위와 은송나무의 향기로운 낮은 가지에도 동시에 앉아있어. 그녀가 잠든 것 같아? 요즘 그녀는 텃밭을 거닐며 으깨진 개미 냄새가 나는 흰 딸기를 따고 있어. 장미 정자 아래 서서 단 하루의 햇살만으로도 잘 익은 포도 향이 나는 수천 송이 장미의 이국적이고 식욕을 돋우는 냄새를 들이마시지. 이렇게 그녀는 꼼짝도 하지 않고 눈을 감은 채 잔디, 나무, 꽃들을 하나하나 느끼고 있어. 마치 공기처럼 푸른 유령인 그녀는 포도 덩굴로 무성하게 덮인 자기 집의 모든 창문 안으로 동시에 몸을 숙여 살피거든. 그녀의 영혼은 모든 잎맥을 따라 미세한 피처럼 흐르고, 벨벳처럼 부드러운 제라늄과 반짝이는 체리를 어루만져. 그리고 황톳빛 오솔길의 움푹 팬 길에서 먼지를 뒤집어쓴 뱀에 휘감기기도 해. 두 눈을 감은 그녀가 네게 그토록 지혜롭게 보이는 것은 텅 빈 듯 늘어뜨린 그녀의 손이 이 아름답고 느리고 순수한 날의 온통 황금 같은 순간들을 하나하나 세세하게 떼어내 간직하기 때문이지.

"내가 네 나이 때 파우더와 립스틱을 바르고 속눈썹에 마스카라를 했더라면 네 할머니가 뭐라고 했을까? 넌 그게 예쁘다고 생각해? 이 조잡한 카니발 분장이? 너무 과한 화장이 널 나이 들어 보이게 하는데도?"

내 딸은 아무 대답도 하지 않는다. 나도 그 나이 땐 어머니가 설교를 다 마칠 때까지 기다리곤 했었다. 딸의 침묵에서 나는 일종의 반항을 감지할 수 있다. 장미 가시처럼 구부러진 속눈썹 사이로 가늘게 뜬 반짝이고 생기 넘치는 어린 소녀의 눈은 쉽사리 읽을 수 없다. 하긴, 사실 딸이 나의 공정함에 호소하며, 나에게 대놓고 이렇게 질문하는 것만으로도 충분할 것이다.

"솔직히, 엄만 이게 이쁘지 않아? 그렇게 보기 흉해?"

그러면 나는 항복할 것이다. 하지만 딸은 미묘하게 입을 다물고는, 청춘의 아름다움을 찬미하는 내 미사여구를 "차갑게" 무시해 버린다. 나는 기왕 시작한 거라 "예의범절"에 관한 것을 추가하기도 했는데, 마지막엔 꽃잎이나 과일 같은 자연의 경이로움에 관한 틀에 박힌 예들을 제시해 보기도 했다. "과연 분칠한 장미, 색칠한 체리를 상상하면 어떨까?"라는 식으로.

하지만 시골에 사는 사랑스러운 어린 소녀들이 몰래 밀가루 단지에 손가락을 담그고, 입술에 제라늄 꽃잎을 으깨어 색을 내고, 접시 바닥을 촛불로 그을려 작고 비밀스러운 그들의 영혼만큼이나 까만 연기 그을음을 모으던 시절은 이미 지나갔다….

요즘 소녀들은 얼마나 능숙한가! 분홍색보다는 갈색으로 음영을 준 볼, 눈 주위에 푸른색이나 회색 혹은 녹색이 드리워진 난해한 화장, 뾰족하게 말아 올린 속눈썹과 선홍색 입술의 소녀들은 두려울 게 없다. 이들은 손위 여성들보다 화장을 훨씬 더 잘한다. 삼사십 대 여성들은 "내가 서른 살로 보일까, 마흔 살? 아님 스물다섯? 꽃이나 과일색을 쓰는 게 나을까?"하고 주저하는 경우가 많다. 그 시기는 여성을 '뷰티숍'에서 '성형외과'로, 마사지에서 주삿

바늘로, 산성에서 지성피부로, 염려에서 절망으로 몰아넣는 혼란의 시기이자 시도와 모색, 실패의 시기이다.

다행히도 이 여인들은 좀 더 나이가 들면 용기를 되찾는다. 지금까지 내가 여성들의 피부관리와 화장을 해주는 동안 낙담한 오십 대 여성이나 신경 쇠약증에 걸린 육십 대 여성을 한 번도 만난 적이 없다. 그들 중에는 화장으로 기적을 시도하고―그리고 실제로 일으키는―화장의 챔피언들이 있다. 지난 시절의 붉은 립스틱과 그 강렬한 색조, 푸석푸석한 흰색, 예수님의 부드러운 눈을 모방한 푸른 색조의 눈화장은 어디로 갔는지? 지금의 우리는 화가들도 열광할 만큼 다양한 색조를 보유하고 있다. 미용술, 화장품 산업은 거의 영화 제작에 버금가는 자본을 움직인다. 여성에게 어려운 시대일수록 여성은 자신이 고통받고 있다는 사실을 애써 숨기려고 노력한다. 고단한 노동은 해가 뜨기도 전에 우리가 "연약한 생물"이라고 부르는 여성들에게서 짧은 휴식마저 빼앗아 간다. 오렌지 색조 화장과 커진 눈, 창백한 입술 위로 채색된 붉고 조그마한 입술로 대담하게 자신을 감춘 여자는 일상의 눈속임과 하루 분량의 인내, 그리고 절대 고백하지 않는 자존심 덕분에 자신을 되찾는다.

차가운 금속성의 미용 조명 아래 몸을 숙이고서, 더 이상 감춘 것 없는 얼굴, 기민하게 움직이는 주름 아래 변화무쌍하고 풍부한 표정, 또는 화장을 지운 순간 새롭고 상쾌하게 느껴지는 여성의 얼굴을 아주 가까이에서 보기 전에는, 여성에 대해 이토록 경탄하고 찬미한 적은 없었다. 오, 여전사들이여! 젊음을 유지하는 것은 전투를 치르는 것이다. 나도 최선을 다해 돕고 있지만 당신들 각자가 스스로 최선을 다하고 있다. 여러분 중 누군가가 실제 나이를 내게 살짝 알려줄 때면 언제나 깜짝 놀라고 만다. 한 여자가 바리케이드를 향해 돌진하듯 내 뷰티숍으로 쳐들어온다. 그녀는 기세등등하고, 거침없으며, 당당하다.

 "시작하죠, 빨리!" 그녀는 외친다. "어려운 판매 건수가 하나 들어왔어요. 오늘은 서른 살로 보여야 해요, 온종일!"

 그레이하운드의 배처럼 홀쭉하고 부드럽게 망설이는 눈빛으로, 말없이 능숙한 손짓으로 메이크업 팔레트를 훑어내리는 요즘 젊은 처녀 중 한 명에게 커튼을 열어줄 때가 있다.

 "이것… 그리고 저것도… 그다음엔 눈에 바르는 것… 그리고 짙은 색 파우더… 아, 또…"

 이들을 멈추게 하는 사람은 바로 나다.

 "이러면 고객님들이 제 나이가 될 때면 어떤 걸 추가하실 건가요?"

그들 중 어떤 이는 정신을 차린 듯 내 얼굴을 한참 올려다본다.

"아무것도요…, 어이없다 생각하시겠지만…, 제 꿈은 단한 번의 화장으로 평생을 지내는 거예요. 20년 후에도 같은얼굴을 유지할 수 있도록 아주 짙은 화장을 하는 거죠. 그렇게 하면 누구도 내가 변하는 것을 볼 수 없을 테니까요."

나의 큰 즐거움 중 하나는 새로운 것을 발견하는 일이다. 파리의 수많은 여성의 얼굴이 신이 창조한 그 상태로중년까지 유지될 거라고 믿는 이는 아무도 없을 것이다.그러나 위태로운 시간이 다가오고, 일종의 공황 상태, 유지하려는 욕구뿐만 아니라 새로 태어나고 싶은 욕구가 찾아온다. 그리하여 마음속에 씁쓸함과 늦바람이 불고, 산을 움직이는 힘도 생긴다.

"가능할까요…. 오! 물론 저는 젊은 여성으로 변하는 걸바라는 건 아니지만…, 그래도 시도는 해보고 싶어요…."

나는 그녀의 말을 들으며 큰 갈색 눈꺼풀, 무심한 눈,약간 넓지만 탄탄한 로마인 특유의 뺨, 세밀하게 다루고밝게 빛을 내야 할 이 아름다운 지형을 자세하게 살핀다.

부러움을 살 만큼 근사한 일이다. 내가 메이크업을 마칠 때 기분 좋은 보상들이 따라오기 마련이다. 바로 안도의 한숨, 경탄, 솟아나는 자신감과 함께, 거리로 나가 '메이크업이 가져올 효과'나 그 역효과를 빨리 알고 싶어 하는 갈급한 시선 같은 것들….

내가 글을 쓰는 동안에도 내 딸은 여전히 여기 있다. 책을 읽고 있는 손이 과일 바구니에서 사탕 상자로 건너간다. 지금은 어린 여자아이다. 아이의 금발은 전적으로 내 탓일까? 원래는 연한 복숭앗빛인 아이의 피부색이 지금은 전나무 꽃가루처럼 붉은 파우더를 바른 탓에 겨울인데도 아주 짙은 천도복숭아가 되었다…. 내 시선을 느낀 딸은 영악하게, 옅은 흰색 과분으로 덮인 푸르스름한 검은 포도송이를 전등 빛에 들어 올리며 답한다.

"얘도 화장을 했네…."

나팔꽃

말벌은 야생 산딸기 파이의 젤리를 먹고 있다. 벌은 머리를 숙인 채 끈적이는 발로 차근차근 신속하고 게걸스럽게 분홍색 투명 정육면체 속으로 반쯤 파고들어 사라졌다. 거미처럼 둥글게 부풀어 오른 걸 보지 못한 것이 새삼 놀라웠다…. 미식가인 내 친구는 아직 오지 않았다. 그녀는 티타임에 부지런히 내 집에 찾아온다. 내가 그녀의 까탈스러움을 좋아하고, 그녀의 의견에 한 번도 동의하지는 않으면서도 그녀의 수다를 잘 들어주기 때문이다. 나와 함께 있을 때 그녀는 비로소 휴식을 취한다. 내가 사람의 환심을 사려 하지 않을뿐더러, 자기 모자나 드레스에 대해 다른 여자들처럼 공격적인 시선으로 흠을 찾아내지도 않아서 고맙다고 스스럼없이 말한다. 다른 친구들 집에서 사람들이 나에 대해 험담할 때면 입을 다물거나, 때론 큰 소리로 이렇게 말한다. "이봐, 콜레트가 유별날 수는 있어. 하지만 너희만큼 고약하진 않아!" 어쨌든 그녀는 나를 꽤 좋아한다.

그녀를 생각하면 우정의 한 형태라 할 수 있는 아이러니한 연민의 정을 느낀다. 난 그녀만큼 금발에, 하얀 피부, 우아한 옷차림에, 머리를 잘 가꾼 여자를 본 적이 없다! 머리 색은 은색과 금색 사이의 미묘한 색인데, 유행하는 모자를 쓰려고 그에 필요한 붙임머리 장식을 원했던 그녀는 스웨덴에서 여섯 살 소녀의 곱슬머리 다발을 공수해 와야 했다. 이런 희귀한 금속 빛깔의 머리칼 아래, 피부마저 노랗게 보이지 않도록 핑크 파우더로 활기를 주고, 브러쉬로 칠한 갈색 속눈썹은, 회색, 호박색 혹은 밤색에 가까운 생기 넘치는 눈동자와 남자들의 다정하고 애원하는 듯한 눈길에 상냥함과 구애를 호소하는 눈을 감싸고 있다.

그런 사람이 바로 내 친구이고 아마도 내가 그녀에 대해 알고 있는 전부를 말한 것 같다. 덧붙인다면, 이 시대 여성들 대부분의 이름이 참지 못한 딸꾹질 소리 같은 토트, 무트, 로슈* 같은 짧은 애칭으로 불리는 데 반해, 그녀는 당당하게 자신을 발랑틴느라 칭한다.

❧ 토트(Tote-Charlotte), 무트(Moute-Emmanuelle), 로슈(Loche-Eloïse)

'약속을 잊었군' 나는 기다리면서 생각했다. 잠들어 있거나 아마 체증으로 죽었을지도 모르는 말벌은 환희의 정육면체 안에 머리를 박은 채 꼼짝도 하지 않는다…. 초인종이 울리고 친구가 나타난 것은 내가 책을 다시 펼치려고 할 때였다. 아주 긴 치맛자락을 재빨리 다리에 감아 붙이고, 양산을 무릎 위에 얹으며 내 옆에 앉았는데, 매번 그 능숙한 몸짓이 마치 여배우나 모델, 또는 줄타기 곡예사처럼 너무도 완벽했다….

"자, 어서 와요!, 그간 별일은 없었나요?"

"별일은요! 부인. 부인은 참 놀라워요, 개와 고양이와 책들에 둘러싸여 살다니! 정말 재단사 를롱이 내게 입혀 보지도 않고 만든 드레스를 내가 좋아할 수 있다고 생각하세요?"

"자, 어서 들어요, 말은 나중에…. 그건 더러운 건 아니에요, 말벌이에요. 개가 혼자서 이 작은 구멍을 팠다니 믿어지세요? 내가 지켜봤는데 25분 만에 이걸 전부 다 먹어치우더군요."

"그걸 지켜봤다고요? 하여튼 부인은 악취미가 있어요! 아뇨, 고맙지만 배가 고프진 않아요. 차도 됐어요."

"그럼, 토스트를 내오라 할까요?"

"아뇨, 나 때문이라면 필요 없어요…. 입맛이 없어요."

"다른 데서 벌써 드시고 오셨군요? 이런!"

"무슨 말씀을! 그냥 몸이 좀 안 좋은 듯해요, 왜 그런진 모르겠지만…"

나는 눈을 들어 친구의 얼굴을 올려다보고 놀랐다. 사실 그때까지도 깃털이 불꽃놀이의 폭죽 터지듯 곤두선, 우산처럼 커다랗고, 베르사유의 거대한 연못 같은 모자, 그 유명한 스웨덴 금발 머리 장식이 없다면 작은 머리를 어깨까지 짓눌렀을 거인에게나 어울릴 모자, 그 기상천외한 모자로부터 그녀의 얼굴을 떼어내 보지 못했다. 분홍빛 파우더를 바른 볼, 립스틱 짙게 바른 강렬한 입술, 마스카라로 밀어 올린 뻣뻣한 속눈썹으로 늘 보던 작고 예쁜 얼굴을 하고 있었지만, 오늘은 그녀의 얼굴 아래 무언가 변하고, 사라지고, 비어있는 듯했다. 파우더가 옅게 발라진 볼 윗부분에는 조금 전 흘린 반짝이는 진주 같은 눈물을 간직한 보라색 고랑이 남아 있었다….

화장으로 가려진 이 슬픔, 이 꿋꿋한 인형의 슬픔이 불현듯 내 마음을 휘저었고, 우리 사이에 단 한 번도 없었던 이런 염려스러운 상황에서 나는 친구의 어깨를 감싸지 않을 수 없었다….

그녀는 분홍빛 화장 아래 얼굴을 붉히며 몸을 뒤로 뺐지만, 정신을 차릴 새도 없이 오열을 억누르는 흐느낌이 터져 나왔다….

잠시 후, 그녀는 티 냅킨의 뾰족한 윗부분으로 눈꺼풀 안쪽을 찍어내며 울었다. 중국 비단 드레스가 눈물로 얼룩지지 않게, 화장한 얼굴이 망가지지 않도록 가만히 조심스레 울었다. 그녀는 마치 화장을 위해 순교하는 가녀린 순교자처럼 차분하고 정갈하게 울었다.

"제가 당신에게 도움이 될 수는 없을까요?" 조용히 그녀에게 물었다.

그녀는 고갯짓으로 '아니에요'라고 말하고는, 몸을 떨며 한숨을 쉬었다. 그리고 내게 찻잔을 내밀었고, 난 식어버린 차를 따랐다.

"고마워요." 그녀가 중얼거렸다. "정말 친절하시군요…. 죄송해요, 제가 너무 예민하죠…."

"이런 딱한 사람! 무슨 일인지 말 좀 해봐요."

"그래요. 말씀드리죠, 간단한 문제예요. 그 사람이 이제 날 사랑하지 않는대요."

그 사람이라니…. 아, 그녀의 애인! 그 생각은 하지 못했다. 애인이 있다고? 언제, 어디서 만난 누구란 말이지? 이 이상적인 모델 같은 친구가 대낮에 애인을 위해 옷을 벗었다고? 온갖 엉뚱한 이미지가 눈에 어른거렸다. 큰 소리로 이렇게 말하면서 그것들을 쫓아냈다.

"그 사람이 이제 당신을 사랑하지 않는다고요? 말도 안 돼요!"

"오! 그래요…, 끔찍한 상황이죠…."(친구는 황금빛 분첩을 열고 분을 바른 다음 젖은 손가락으로 속눈썹을 닦았다)"끔찍한 일이, 어제…."

"질투 때문인가요?"

"그 사람이 질투를요? 그러면 기분이라도 좋겠죠! 그 사람은 못됐어요…. 툭하면 저를 비난해요. 그래도 난 어쩔 도리가 없지만요!"

그녀가 토라진 표정으로 고개를 약간 숙이자, 높이 세운 깃 안에 두 개의 턱이 생겨났다.

"당신께 털어놓을 수밖에 없군요. 그이는 매력적인 청년이고, 우리는 6개월 동안 단 한 번도 싸운 적이 없었어요. 어떤 불화도 없었죠! 때로 신경질적이긴 했지만요, 그인 예술가니까…."

"아, 예술가군요?"

"화가예요, 부인. 그것도 재능이 대단한 화가죠. 이름을 말하면 정말 놀라실 거예요. 그 사람 집에 대략 스무 점 정도의 제 초상화가 있어요. 모자를 쓴 것도 있고, 쓰지 않은 것도 있죠, 내 드레스 모두 그의 그림들에 담겨있고요. 어떤 건 아주 세밀하고 또 어떤 건 아주 역동적이죠…. 치맛자락의 움직임들은 경이로울 정도예요…."

약간 초췌하긴 해도 그녀는 활기를 되찾았다. 눈물을 닦아낸 자리의 반짝이는 얇은 콧날은 가볍게 붉어지기 시작했다. 속눈썹 마스카라가 지워졌고 입술도 붉은빛을 잃었다…. 어울리긴 하지만 우스꽝스러운 커다란 모자와 붙임머리 장식 아래에서, 나는 처음으로 별로 예쁘지도, 못생기지도 않고, 말하자면 밋밋한, 그러나 애처롭게 본연의 모습을 드러낸 슬픈 여자를 발견했다….

그녀의 눈시울이 갑자기 붉어졌다.

"그런데… 무슨 일이 일어난 거죠?" 나는 용감하게 물었다.

"무슨 일이 일어났냐고요? 아무 일도! 딱히 말할 것도 없어요, 부인! 어제 그 사람이 이상한 표정으로 나를 맞이하더군요…. 마치 꼭 의사처럼요…. 그러더니 갑자기 '모자 좀 벗어 볼래요'라며 다정하게 말을 이었어요. '언제나 당신을 지켜 줄게요…. 오늘 저녁 식사, 어때요? 당신이 원한다면 평생 당신 옆에 있을 수도 있습니다!' 바로, 이 모자였는데 당신도 이걸 쓰고 벗는 게 얼마나 성가신 일인지 아시잖아요…."

나는 사실 잘 알지 못하지만, 이야기에 빠져서 고개를 끄덕였다….

"난 얼굴을 좀 찡그렸지만, 그이가 고집을 부리길래 포기하고 모자를 머리에 고정해둔 핀을 뽑았죠. 모자 테두리엔 붙임머리 장식이 달려있었어요. 여기, 이렇게요. 근데…, 사실 별로 문제 될 건 없었어요. 모두가 내게 머리카락이 있다는 걸 알고 있는 데다, 그중에서도 그 사람은 누구보다 그 사실을 잘 아는 이였으니! 하지만 정작 몸을 돌리며 얼굴을 붉힌 것은 바로 그 사람이었어요. 나는 테두리에 달린 붙임머리를 떼어내 머리 위에 꽃처럼 다시 붙였고, 그이의 목을 껴안고 입을 맞추며 남편이 디에프로 출장을 떠났다고 속삭였죠. 그러자… 그는 아무 말도 없었어요. 이해하시겠어요? 그러고 나서 피우던 담배를 던져 버렸고 그때부터 모든 게 시작되었죠. 내게 이렇게 말했어요! 그가 그런 말들을 하다니!"

그녀는 놀라움을 표현할 때마다 두 손을 펴서 꼭 우리 집 하녀가 남편이 자기를 또 때렸다고 말할 때처럼 풀이 죽어 한탄하듯 무릎을 쳤다.

"그이가 내게 믿을 수 없는 말을 했어요, 부인! 처음에는 머뭇거리더니 말을 시작하며 걷기 시작했죠. '내가 원하는 건 다만 당신과 밤을 보내는 것입니다, 부인…. (눈 한번 깜빡이지 않았죠!) 난…, 당신이 내게 주어야 하는 것이지만 줄 수 없는 것을 원해요….'"

"그분은 무얼 원하는 거죠?"

"잠시만요, 곧 알게 될 거예요…. '나는 당신의 모습 그대로를 원합니다. 눈썹까지 내려뜨린 화려하고 빛나는 금발의 가녀린 작은 요정 같은 당신을 원해요. 온실 속 잘 익은 탐스러운 과일 같은 피부와 그 기묘한 속눈썹, 그리고 영국풍의 그 자연스러운 아름다움을 원합니다! 낮에 본 당신과 밤에 보는 당신의 모습에서 내가 냉소를 느끼지 않도록 나는 있는 그대로의 당신을 원해요! ─분명 그렇게 말했어요! ─ 당신은 모자도 장식도 없는, 자연스레 땋아 올려 핀으로 고정한 머리로 마치 다정한 아내처럼 내게 오겠죠. 작고 굽 없는 신발로, 속눈썹도 붙이지 않고, 화장도 지운 맨얼굴로 당당하게. 그러면 나는 완연히 다른 여자 앞에서 깜짝 놀라겠죠….'

'그래요, 당신은 알고 있었잖아요' 그가 큰 소리로 말했어요. '당신도 알고 있었어요! 내가 원했던 여자는 있는 그대로의 당신입니다. 매일 저녁 외출을 위해 파우더룸에서 나오는 그 단순하고 한심한 여인과 아무런 공통점도 없어요! 무슨 권리로 당신이 내가 사랑하는 여자를 바꾼단 말입니까? 당신이 내 사랑을 원한다면 어떻게 감히 내가 사랑하는 것을 파괴할 수 있죠…?'

그렇게 말했어요, 그가 그렇게 말했다고요! 나는 꼼짝도 하지 못하고 바라보고만 있었죠, 한기를 느끼면서…. 나는 울지 않았어요, 아시겠죠! 그이 앞에서는 아니죠."

"정말 현명하게 잘 처신했어요, 친구, 그리고 아주 꿋꿋하게."

"아주 꿋꿋하게요." 그녀는 고개를 숙이며 반복했다.

"정신이 들자마자 그 자리를 빠져나왔어요…. 그 순간

에도 여성에 대해, 모든 여성에 대한 끔찍한 이야기를 계속해서 들었어요. '여성의 놀라운 허영, 맹목적인 오만, 언제나 무의식적으로 남자를 만족시키려 드는 그들의 우매한 자만'에 대해서요…. 당신이라면 뭐라고 대답하셨을 거 같아요?"

"아무 말도."

할 말이 없다. 맞는 말이니까. 무슨 말을 하겠는가? 나는 그 남자의 생각과 별반 다르지 않다, 그 무례하고 끈질긴 남자 말이다. 그의 말이 거의 옳다. '언제나 남자를 만족시키려 드는!' 그녀들에겐 변명의 여지가 없다. 그들은 남자가 달아나고, 속이고, 미워하고, 변할 수 있는 모든 핑계를 제공했다…. 세상이 존재한 이래 암묵적으로 여자들은 자기의 본래 모습보다는 남자가 원하는 모습으로, 남자의 기대에 부응하는 이상을 따르도록 강요받았다. 붙임머리, 눈을 속이는 코르셋들로 아주 못생긴 여자도 '멋지고 근사한 여자'로 변할 수 있게 되자 여자들은 뻔뻔스럽게도 그것을 자신의 것으로 만든다.

다른 친구들의 이야기도 듣고 또 그들을 보면서, 여전히 혼란스럽긴 하다…. 매력적인 릴리, 짧은 곱슬머리의 시동 같은 그녀는 연인들에게 첫날 밤부터 두툼하고 보기 흉한 밤색 달팽이 같은 헤어롤들로 울퉁불퉁한 자기의 맨

머리통을 보여준다. 클라리스는 자는 동안 오이 크림을 듬뿍 펴 발라 얼굴 피부를 관리한다. 아니는 중국 스타일로 머리 전체를 리본으로 올려 묶는다! 수잔은 민감한 목 피부를 위해 라놀린을 바르고 낡은 리넨으로 감싼다…. 미나는 볼과 턱에 살이 붙지 못하도록 턱끈 없이는 절대 잠들지 않으며, 양쪽 관자놀이에는 파라핀별을 붙인다….

　내가 불평을 쏟아내자 수잔은 살찐 어깨를 들어 올리며 이렇게 말했다.

　"내가 남자 때문에 내 피부를 망칠 것 같아? 난 대체할 피부가 없어. 남자가 라놀린을 좋아하지 않는다면 떠나면 돼. 나는 누구에게도 강요하지 않아." 그리고 릴리는 단호하게 선언한다. "우선, 난 헤어롤을 하고 있어도 추해 보이지 않아! 시상식에 나온 곱슬머리 소녀 같은 느낌을 주거든!" 미나는 그녀의 '애인'이 턱끈에 대해 불만을 토로할라치면 이런 식으로 대답한다. "자기야, 성가시겠지. 하지만 경마장에서 등 뒤의 누군가가 '저 미나란 여자, 아직 처녀적 계란 얼굴을 갖고 있네요!'라고 말하면 아주 기분이 좋을 거야." 그리고 밤에 다이어트 벨트를 착용하는 쟈넨! 그리고 마르그리트…, 아니, 그녀의 이야기는 차마 쓸 수가 없다…!

　슬픔에 휩싸여 헝클어진 모습의 친구는 내 말을 이해할

수 없었는지, 내가 그녀를 충분히 동정하지 않는다고 추측했다. 그녀는 일어나면서 말했다.

"내게 해줄 말이 그게 다예요?"

"내 가엾은 친구, 내가 무슨 말을 해주길 바라는 거죠? 변한 건 아무것도 없을 거고, 당신의 화가 애인은 내일이나 아니면 오늘 저녁이라도 당신 집 문을 두드릴 거예요…"

"아마 그 사람이 전화하겠죠? 사실 그렇게 못된 사람은 아니에요…. 살짝 정신이 나간 거죠, 그냥 잠깐 위기가 온 거겠죠?"

그녀는 희망으로 환해진 얼굴로 어느새 일어나 있었다.

나는 그녀를 기쁘게 하려는 마음으로 매번 "그럼요"라고 말한다…. 그리고 하이힐을 신은 그녀가 종종걸음으로 보도를 달려가는 모습을 지켜보았다. 아마 사실은 그가 그녀를 사랑하는지도 모른다…. 그리고 그가 그녀를 사랑한다면 허식과 기만으로 점철되었음에도 밤의 비밀로, 목신의 풀어헤친 머리칼로, 요정의 순결한 발로, 아름다운 노예의 매끄러운 허리로, 사랑 그 자체인 듯 발가벗은 존재로, 그녀가 그에게 돌아갈 시간은 올 것이다….

어떻게 보일까?

"내일 일요일에 뭐 하세요?"

"왜 그러시죠? 무슨 일 있어요?"

"그냥…"

내 친구 발랑틴은 무심한 표정으로 나의 일요일 일정을 물어보았다…. 내가 되물었다.

"그냥? 정말요? 자, 말해봐요…. 내 도움이 필요한 거죠?"

영리한 친구는 우아하게 빠져나가며 친절하게 대답한다.

"나야 언제나 당신이 필요하죠, 부인."

오, 저 미소!…. 그녀의 사교적인 이중성에 당할 때마다 매번 그렇듯 난 잠시 바보가 된 듯했다. 바로 포기하는 게 상책이다.

"일요일엔 주로 연주회에 가거나 잠을 자죠. 올해는 잠을 자주 자는 편이에요, 슈비야르 콘서트는 좀 멀고, 콜론 오케스트라*의 콘서트는 매번 그게 그거라서요."

"아, 그런가요?"

"그래요. 전에 우리가 꽤 부지런히 바이로이트**에 다닐 땐, 보탄*** 역의 반 루이를 좋아했죠. 지그프리드 역의 부르크슈탈러는 기대에 못 미쳤어요. 콜론 콘서트에서도 부르크슈탈러가 평상복에 교회지기처럼 허둥대며 치렁치렁 곱슬머리를 늘어뜨리고는 늙은 여자 무용수의 무릎으로 감정을 쥐어 짜내는 모습을 발견하는 것은 전혀 즐겁지 않았어요, 정말 그랬죠…. 그런데 얄궂게도 우연히 그 배우를 몇 주 전 샤틀레에서 다시 만났지 뭐예요. 그는 무대에서, 난 객석에서 말이죠. 그래서 난 그가 두 번이나!

✢ 프랑스 파리에서 열리는 심포니 콘서트 시리즈이다. 1873년 에두아르 콜론(Edouard Colon)에 의해 설립. 세계에서 가장 오래된 정기 교향악 콘서트 중 하나.
✢✢ 독일의 도시. 매년 열리는 바그너 축제로 유명하다.
✢✢✢ 바그너 오페라 '니벨룽의 반지'의 등장인물들.

«난 원망하지 않으리!»[*]를 부르며 울부짖는 걸 걸 참아야 했죠. 그 곡은 마담 드 모푸[**]조차 시골에서 올라온 부모에게도 들려주지 않는 곡이죠! 결국 콘서트가 끝나기도 전에 뛰쳐나왔어요. 내 오른편에 앉았던 파리 시의원의 '부인'은 아마 안도의 한숨을 쉬었을 겁니다."

"그 여자분을 불편하게 했었나 보죠?"

"난처하게 만든 거죠. 그분은 나를 알아보지 못했습니다. 남편과 별거 이후로 내가 많이 변했던 거죠. 내가 아는 체를 하거나 아주 작은 움직임에도 자기를 포옹하려는 줄 알고 몸을 떨곤 했었어요…."

"아! 알겠어요!…."

이해한단 말이지!…. 눈을 내리깐 채, 내 친구 발랑틴은 자신의 금빛 핸드백의 걸쇠를 손으로 두드리고 있다. 그녀는—이미 말했다시피—크고 높은 모자를 쓰고 있는데, 모자 아래 금방이라도 무너져 내릴 듯한 금발 머리가 가득하다. 그녀의 일본식 소매는 두 팔을 펭귄처럼 보이게 만들고, 길고 무거운 치맛자락이 발끝을 덮고 있다. 이

❧ 슈만 가곡집 〈시인의 사랑〉 중 'Ich grolle nicht!'

❧❧ 마담 드 모푸 Madame de Maupeou (1590~1681) : 프랑스의 유명한 자선가로 가난한 자와 아픈 이를 많이 도와 모두에게 사랑과 존경을 받았던 인물이다.

토록 기괴한 모습에서 매력적으로 보이려면 대단한 집념이 필요한 듯하다…. 그녀는 방금 자기도 모르게 말했다.

"알겠어요…."

"네, 이해하시는군요. 그럴 줄 알았어요. 당신은 이해할 줄 알았어요…. 근데 집에 안 들어가실 건가요? 시간이 늦었어요, 당신 남편이…."

"아! 그 이야긴 하고 싶지 않아요…."

그녀의 청회색에 녹색과 밤색이 섞인 순한 눈이 애원하듯 나를 쳐다보는 순간, 난 곧바로 후회한다.

"웃자고 한 소리예요. 근데 일요일에 나랑 뭘 하고 싶어요?"

내 친구 발랑틴은 펭귄 같은 짧은 팔을 벌리고 우스꽝스럽게 말한다.

"바로 그거예요. 마침, 공교롭게도 내일 오후엔 저 혼자예요, 온전히 혼자…."

"그래서 불만이시군요…."

이 말이 별생각 없이 새어 나왔다…. 이 인형 같은 젊은 여인의 얼굴에 슬픔마저 어렸다. 남편은 집을 비우고, 애인은…, 바쁘고, 친구들은―진짜 친구들 말이다―문을 걸어 잠그고 기도를 올리거나, 자동차로 드라이브를 즐기러 나갔거나….

"우리 집에 오고 싶었던 거예요? 내일? 그러면 오세요! 아주 좋은 생각이에요."

나는 달리 할 말이 떠오르지 않았지만, 그녀는 마치 길 잃은 강아지 같은 눈빛으로 고맙다는 인사를 전하고는 할 일이라도 있는 듯 재빠르게 서둘러 떠나버린다….

일요일, 게으름과 따뜻한 침대가 있는 내 사랑하는 일요일, 식도락과 수면, 독서의 날이지만 오늘은 이 모든 걸 포기해야 하는군, 누굴 위해? 어설픈 동정을 자아내는 미덥지 않은 친구 때문인가….

잠들지 마, 배부른 나의 회색 고양이야. 내 친구 발랑틴이 초인종을 누르고, 바스락거리는 소리를 내며 들어와 탄성을 지를 테니까…. 그녀는 장갑 낀 손으로 네 등을 쓰다듬을 거야, 등줄기에 소름이 돋은 넌 죽일 듯이 그녀를 쏘아볼 테지. 넌 그녀가 널 별로 좋아하지 않는다는 걸 알고 있어. 짧은 털의 내 촌스러운 친구. 그녀는 털북숭이 개 콜리나 쇼샤르 씨처럼 무성한 구레나룻이 있는 앙고라 고양이만 좋아한단다…. 언젠가 네가 발톱으로 그녀를 할퀸 뒤로는 네게서 멀어졌지. 사납고 예민하고 반드시 복수를 하고야 마는 보헤미안 암고양이인 너를 모르는 척하는 거지. 그녀가 오면 넌 바로, 줄무늬 등을 그녀에게서 돌리고, 찔레꽃 가시 같은 네 발톱에 긁혀 해진 새틴 천 위로 터번처럼 몸을 둥글게 말고….

쉿! 그녀가 초인종을 눌렀어…. 이런! 그녀가 몸을 부르르 떨더니, 자기도 모르게 작고 차디찬 코를 내 얼굴에 갖다 대며 어설프게 포옹한다!

"아이고 공주님! 코가 얼었네. 난로 앞에 앉아요."

"웃지 말아요, 밖은 끔찍하답니다! 따뜻하게 누워 계시느라 잘 모르셨죠! 밖은 영하 4도예요, 모두 얼어 죽을 판이라고요."

정말 내 친구의 얼굴은 라일락 빛이 되었다. 이제 막 익기 시작한 자두의 녹색을 품은 라일락색….

회색 벨벳 소재의 멋들어진 여성용 정장 차림으로 목깃부터 발끝까지 몸에 딱 들어맞는 완벽한 모습이다. 특히 재킷은, 오! 이 재킷!… 윗부분은 좁고, 아랫부분은 나팔처럼 펼쳐지며 바스크 자수로 무릎까지 덧대, 마치 작은 스커트를 하나 더 입은 것 같다⋯. 그리고 그 위에다가는, 영하 4도의 날씨에, 쓸데없이 비싸기만 하고 얇은 모피 스툴을 하나 걸쳤는데 추위로 죽을 지경이 되어 코가 보라색으로 변했다.

"이런 바보! 하다못해 브라이트슈반츠* 모피 코트라도 걸치지 그랬어요?"

모자를 잡고 몸을 반쯤 돌리자 베일 너머로 보인 그녀의 얼굴은 얼이 빠진 것 같았다.

"아니, 그럴 수가 없었어요! 이런 롱 재킷 패션으로는, 제 브라이트슈반츠 코트 아래로 이 바스크 무늬가 튀어나오거든요. 그래서 말인데요, 좀 여쭤볼게요, 제가 어떻게 보이나요?"

"좀 더 긴 브라이트슈반츠 코트를 입었어야 해요."

"그렇군요! 그리고 또요? 막스 상점의 옷은 아주 고급스럽지만 비싸지도 않아요, 어쨌든⋯."

✿ 브라이트슈반츠 Breitschwanz : 양가죽 모피

"더 두툼한 담비 목도리를 사야 했어요."

친구는 내게 돌아서더니 장난처럼 나를 물어뜯는 시늉을 하며 달려든다. "더 큰 담비 목도리라니! 난 로스차일드가 아니에요!"

"물론 나도 아니죠. 좀 덜 비싼 모피로 만든 제대로 된 코트를 하나 샀어야 했어요, 담비 코트가 아니어도…."

베일을 벗은 내 친구는 지친 듯 팔을 축 늘어뜨렸다.

"다른 모피라!…. 담비가 아니면 정말 근사하고 세련된 모피는 없어요…. 담비 없이도 멋진 여자, 진심으로, 부인, 그런 여자는 어떤 모습일까요?"

실제로 그녀는 어떤 모습일까? 실은 나도 모른다. 나는 발가락으로 침대 끝을 더듬으며 고무 같은 나의 둥근 공을 찾고 있다….

벽난로 불은 타닥타닥, 쉭쉭 소리를 내며, 부끄럼도 없이 방귀를 뀌어대는 촌사람처럼 작은 분홍색 불티를 내던진다….

"발랑틴, 편하실 대로 자리를 잡아요. 테이블을 침대

쪽으로 당기세요. 끓는 물은 불 앞에 있어요! 샌드위치랑 프롱티냥*, 모든 것이 거기에 다 있으니…. 하녀를 부를 일은 없을 거예요. 나도 별로 일어나고 싶지 않으니, 우리 편안하게, 먹고 마시면서 게으름을 피워봅시다…. 모자를 벗고, 쿠션에 목을 기대보세요…. 거기, 그렇게 말이죠!"

모자 없이도 그녀는 우아했다. 언뜻 모자 디자이너 같고, 언뜻 보면 모델 같은 분위기가 있지만, 그래도 우아했다. 둥글게 말린 아름다운 금발이 밤색 눈썹까지 흘러내려 큼지막한 웨이브를 만들었다. 그 위에는 다시 더 작은 웨이브가 있고, 다시 그 위에, 그리고 뒤에, 웨이브, 웨이브, 웨이브들…. 정갈하고 먹음직스럽게 부드러운 크림으로 정성을 다한, 결혼 피로연의 디저트처럼 정교하다….

스탠드의 불빛이―블라인드와 커튼은 닫혀 있다―친구의 얼굴에 분홍색 홍조를 드리우고 있다. 하지만 벨벳처럼 고르게 바른 하얀 파우더와 붉은 입술에도 불구하고 초췌한 표정과 굳은 미소를 느낄 수 있다…. 그녀는 피곤한 듯 한숨을 크게 쉬며 쿠션에 몸을 기댄다….

"지쳤어요?"

❧ 프롱티냥 Frontignan : 프롱티냥(Frontignan) 지역의 백포도주.

"완전히 지쳤어요."

"사랑 때문에?"

어깨를 으쓱한다.

"사랑이라고요? 세상에…, 시간도 없어요. '시사회', 만찬, 야식, 교외로 나가는 소풍, 전시회, 차 모임…. 이번 달은 특히 끔찍해요!"

"취침 시간도 늦겠군요, 그렇죠?"

"그렇죠…."

"그럼 늦게 일어나세요. 그러지 않으면 아름다움을 잃게 돼요, 친구."

그녀는 나를 멀뚱히 쳐다본다.

"늦게 일어나요? 말은 쉽죠. 그럼 집은 어쩌죠? 어떻게 유지하죠? 그리고 배달 상인들 계산은 어쩌고? 그밖에 여러 가지로…. 게다가 내 방문을 스물다섯 번 넘게 두드려대는 하녀는 또 어쩌고요!"

“문을 걸어 잠그고 모두 꺼지라고 해요.”

“하지만 난 못해요! 집안이 제대로 남아나지 않을 거예요. 도둑이 든 것처럼 난장판이 될 거라고요…. 문을 걸어 잠근다고요! 문 뒤에서 쟝 드 본느퐁*을 닮은 뚱뚱한 집사가 짓고 있을 표정이 생각나요…. 그럼 난 어떻게 보일까요?”

“나야 모르죠…, 아무것도 안 할 것 같은 여자…”

“말이 쉽지…” 약간 새침하게 하품하면서 그녀가 한숨을 쉰다. “당신은 그럴 수 있죠, 당신은… 당신은…”

“사회와 동떨어진 ‘주변인’이니…”

그녀는 진심으로 웃더니 갑자기 생기를 되찾는 듯하다가 우울하게,

“그래요, 당신은 그럴 수 있죠. 우리 같은 이들에겐, 그런 게 허락되지 않아요.”

우리 같은 이들…. 세상이 최면을 걸고, 혹사하고, 훈육하는 여성들에게 부과된 동류의식을 지닌 신비로운 복수

✤ 쟝 드 본느퐁 Jean de Bonnefon (1867~1928) : 멋진 콧수염으로 유명한 프랑스 언론인.

형…. 큰 심연이 회색 정장을 입고 앉아 있는 이 젊은 여자와 배를 깔고 엎드려 턱을 괴고 있는 또 다른 여자를 갈라놓는다. 나는 말없이 나의 자발적인 열등감을 즐긴다. 나는 가만히 생각에 잠긴다.

당신들, 당신들은 아무렇게나 살 수 없지. 바로 여기에 당신들의 고통과 자존심, 상실이 있다. 당신들에겐 공연이 끝난 뒤 저녁 식사 장소로 당신을 데려가는 남편이 있지만, 아침이면 침대에서 당신을 끌어내는 아이들과 하녀들도 있다. 당신들은 카페 드 파리에서 마드무와젤 자브린 드 슈와지*의 옆 테이블에서 저녁을 먹고, 약간 취한 채, 약간은 정신 나간 사람처럼, 널 뛰는 신경으로, 그녀와 동시에 레스토랑을 나선다…. 그러나 집으로 돌아온 마드무아젤 슈와지는 자고 싶을 때면 언제든 자고, 사랑을 속삭이고 싶을 땐 언제라도 사랑을 나누고, 잠들 때면 자신의 충실한 하녀에게 한 마디 던지듯 말하면 된다. "나는 오후 2시까지 잘 테니, 그전에 아무도 날 방해하지 않도록 하세요. 방해하는 사람이 있다면 그 사람의 8일분 급여를 모두에게 나눠 줘버릴 테니!"

아홉 시간의 수면으로 충분한 휴식을 취한 마드무아젤 슈아지는 상쾌하게 일어나 점심 식사를 마치고 들라뻬 거

❀ 자브린 드 슈와지 Mlle Xaverine de Choisy : Roger de Beauvoird의 동명의 소설(1875) 주인공. 사교계의 여인.

리로 간다. 그곳에서 그녀는 당신과 마주친다. 발랑틴, 당신을. 당신들, 모든 발랑틴들, 내 친구인 당신들. 아침 8시 반부터 일어나, 이미 기진맥진 창백하고 퀭한 눈의 발랑틴…. 그러면 마음씨 고운 마드무아젤 슈아지는 하녀에게 낮게 속삭인다. '안색이 안 좋아 보이네, 불쌍한 발랑틴 부인! 낮잠이라도 좀 주무시지!' 그리고 당신의 남편과 당신의 연인들, 그들 역시 내심 저녁 식사에서 충분한 휴식으로 생기발랄한 마드모아젤 드 슈아지와 피로에 젖은 당신을 비교할 것이다. 당신은 화가 나서, 별생각 없이 이렇게 말하겠지. '그 여자들은 강하잖아!' 그건 아니야, 내 친구! 그들은 당신보다 더 많이 쉬어서 그래. 어떤 사교계 여인이 세상의 그 어떤 여성들, 특히 한 가정을 꾸려나가는 어머니들의 쉼 없이 되풀이되는 일상을 버틸 수 있을까?

내 젊은 친구는 능숙한 손길로 차를 끓여 찻잔에 따랐다. 나는 그녀의 다소 계산된 우아함과 정확한 동작에 경탄한다. 긴 치마가 걸음을 옮길 때마다 앞뒤로 다소곳이 일렁이지만, 소리 하나 없이 걷는 발걸음이 고맙다. 또한 그녀가 남편과 애인이 있는 여자의 처신에 해가 될 위험을 무릅쓰고 내게 와서 속내를 털어놔 준 것도, 다정한 고집으로 용감하게 내 집을 찾아준 것에도 감사한다….

숟가락 부딪는 소리에 고양이가 뱀눈을 떴다.

고양이는 배가 고프다. 그러나 점잖을 떠느라 바로 일어나지 않는다. 투덜대며 아양 떠는 앙고라처럼 '쳇!' 하고 작은 소리를 내며 요구하는 것이다! 발랑틴 투로 말하면, 이 고양이는 어떻게 보일까?…. 나는 타버린 토스트 귀퉁이 조각을 내밀었다. 고양이는 청백색의 작은 부싯돌 같은 이빨로 딱딱 소리를 내며 먹는데, 부드럽고 규칙적으로 가르랑거리는 소리가 주전자 소리보다 더 크게 들렸다…. 마치 시골에 온 듯 정적이 한참 동안 우리를 감싼다. 내 친구는 팔을 떨어뜨려 쉬고 있다….

"아무 소리도 안 들려요." 그녀가 조심스럽게 속삭인다.

온기와 나른함으로 온몸이 말랑해진 나는 말없이 눈빛으로 그녀에게 답한다. 안온하다…. 하지만 내 친구가 여기 없었다면 더 좋지 않았을까? 그녀는 계속 말을 하겠지. 그건 어쩔 수 없는 일이다. "우리는 어떻게 보일까요?"라고 또 말하겠지. 이건 그녀의 잘못이 아니다. 이렇게 자랐기 때문이다. 그녀에게 아이가 있다면 빵 없이 고기를 먹는 것도, 왼손으로 숟가락을 잡는 것도 금했을 것이다. "자크, 제발!… 네가 어떻게 보일 것 같니?…"

쉿!… 그녀는 아무 말도 하지 않는다. 그녀의 눈꺼풀이 떨리고 눈이 점점 사그라드는 것 같다…. 내 앞에는 거의 모르는 사람의 얼굴, 잠에 취해 눈꺼풀을 미처 감기도 전에 잠이 든 젊은 여인의 얼굴이 있다. 웃음을 띠려던 입가의 미소는 사라지고, 입술은 튀어나온 채, 작고 둥근 턱은 은색 자수가 놓인 목깃에 짓눌려 있다.

그녀는 지금 깊이 잠들었다. 그녀가 잠에서 깨면 깜짝 놀라 이렇게 외치며 사과할 것이다. "초대받은 집 소파에서 잠들다니! 도대체 어떻게 보일까요?"

내 친구 발랑틴, 당신은 어딘가에 방치되어 잊힌 부드럽고 우아한 비단 천 조각 같은 젊은 여인으로 보여요. 벽난로와 나 사이에서, 가르랑거리는 고양이 소리와 책장 넘기는 소리를 들으며 잠을 청하세요. 당신이 깨어날 때까지는 아무도 들어오지 못할 거예요. 그 누구도 잠든 당신의 부루퉁한 모습과 흐트러진 내 침대를 보며 "오! 어떻게 보일까!"라고 소리치진 않을 거예요. 그런다면 당신은 당황스러워 죽을 지경이 되겠죠. 나는 따스한 우정과 연민으로 당신을 지켜보고 있어요. 언제나 진지하게 어떤 모습으로 비칠지 고민하는 당신을 지켜봐 줄게요….

치유

　회색 고양이는 내가 무대에 서는 걸 아주 좋아한다. 극
장이든 뮤직홀이든 장소는 상관없다. 중요한 건 매일 저
녁, 내가 단숨에 갈비를 삼키고 사라졌다가 밤 12시 반 경
에 다시 나타나 닭 다리나 분홍빛 햄을 식탁에 놓고 마주
앉는 것이다…. 하루 두 끼가 아니라 세 끼! 자정이 지나
면 고양이는 기쁨을 숨길 생각도 하지 않는다. 식탁보 위
에 앉아 입꼬리를 들어 올리며 득의만면한 미소를 짓고
반짝이는 모래처럼 초롱초롱한 눈빛에 신뢰를 가득 담은
커다란 눈망울로 나를 바라본다. 이 아이는 저녁 내내 이
소중한 시간만을 기다려 왔으니, 의기양양 혼자만의 기쁨
을 느끼며 나와 더 가까워지는 그 시간을 음미한다….

　오, 잿빛 옷을 입은 고양이여! 이런 사정을 모르는 사람

들에겐 넌 지구상의 여느 회색 고양이와 다를 바 없고, 게으르고, 어벙한 데다, 음침하고, 약간 물러 빠진 별 특징 없이 지루한 고양이야…. 하지만 나는 네가 이루 말할 수 없이 부드럽고, 변덕스럽고, 식욕을 능가하는 질투심에, 수다스럽고, 조심성 많으면서도 어설픈, 때로는 어린 불도그만큼이나 사나운 걸 잘 알고 있어….

6월. 연극 살La chair에 출연도 끝나고 클로딘을 연기하는 것도 끝났다…. 우리가 마주 앉던 만찬도 끝이다! 넌 그 오붓한 시간이 아쉽지 않니? 내가 허기지고 약간 멍한 상태로, 막연하게 '오늘 저녁 공연은 성공적이야'라고 생각하며, 손톱 끝으로 네 작고 납작한 머리통을 긁곤 했던 그 시간 말이야. 이제 우리는 다시 집안에 틀어박혀, 비사교적으로 거의 모두와 무관하고, 거의 모두에게 무관심한 상태로 되돌아왔다. 우리와 적절히 관계를 유지하는 친구 발랑틴을 다시 만나, 그녀의 장황한 이야기를 듣겠지. 그건 정말, 사람이 살아가는, 이상하면서도, 우리가 전혀 알 수 없는 함정과 의무, 금지가 가득한 세상에 관한 이야기, 그녀의 말에 따르면 몹시 무서운 세상 이야기. 하지만 내게는 너무 먼 이야기라 사실 이해가 쉽지는 않아….

내가 무언극이나 희극 공연 연습을 하는 동안 조신한 내 친구 발랑틴은 그런 내 생활에 당황하고 조심스러워하며 내 삶에서 물러난다. 이것이 나 같은 유형의 존재를 나무라는 그녀만의 정중한 태도다. 그 때문에 내 기분이 상하진 않는다. 그녀는 자동차 사업을 하는 남편과 유명한 화가 애인이 있고, 매주 차 마시는 모임을 열고 격월로 저녁 파티를 여는 살롱을 가진 사람이라 생각할 뿐이다. 발랑틴의 파티에서는 초대 손님 앞에서 연극 <살>이나 <목신>의 한 장면이나 <파란 뱀>의 춤 장면을 보여줄 일은 없겠지? 나는 이해하고 받아들인다. 그리고 기다린다. 예의 바른 나의 친구가 언젠가는 상냥하면서도 어색하게 다시 돌아올 것을 알고 있다…. 크든 작든 그녀는 나에게 의지하고, 그걸 또 내보이는데, 그것만으로도 나는 충분히 그녀의 우정에 빚을 지고 있다….

그녀가 왔다. 빠르고 간결한 그녀만의 종소리가 울렸다.

"드디어, 발랑틴! 정말 오랜만이에요…."

그녀의 얼굴에, 눈빛 속에 담긴 무언가가 말을 멎게 한다. 사실 난 내 친구가 어떻게 변했는지 정확히 말할 수는 없다. 안색이 나쁜가? 아니다, 그녀는 부드럽고 매끈한 파우더 위에 연한 핑크빛 볼 터치를 한 것으로 보아 얼굴색이 나빠 보이지 않는다. 여전히 우아한 모델처럼 보이고, 날씬한 허리에 엉덩이는 황금색 실크스커트 속에 감춰져 있다. 두텁고 검은 마스카라 사이에서 피어나는 상큼한 청색과 회색, 초록과 밤색이 도는 눈과 풍성하게 얹은 아름다운 스웨덴 금발 머리 장식. 무슨 일이지? 그녀를 이루는 이 모든 것의 윤기가 사라지고 텅 비어버린 시선, 말하자면 어떤 무기력이 내 입술에 머물던 진부한 환영 인사를 뒤틀고 멎게 했다. 그녀가 자리에 앉았고, 긴 드레스 안에 몸을 능숙하게 감추며, 란제리 주름을 가볍게 두드리고 웃으며 말을 멈추지 않는다. 내가 그녀의 말을 가로막고 이렇게 물을 때까지.

"발랑틴, 무슨 일이죠?"

그녀는 놀라지 않고 간단히 대답한다.

"아무것도 아니에요. 정말이에요, 아무것도. 그 사람이 떠났어요."

"네? 앙리…. 당신의…, 애인이 당신을 떠났다고요?"

"네."라고 그녀가 말했다. "오늘로 딱 3주 됐어요."

목소리가 너무 부드럽고 차분해서 나름 안심했다.

"아! 힘든 시간을 겪었군요."

"아니요." 그녀는 여전히 온화하게 말했다. "겪었던 게 아니고 겪고 있죠."

갑자기 아주, 아주 커진 눈으로 내 눈을 똑바로 바라보며 묻는다.

"네, 그래요. 지금도 여전히…. 그러니까, 이 상태가 이대로 지속될까요? 얼마나 오래 아파야 할까요? 당신도 알 수는 없겠죠…, 익숙해지지 않아요…. 어떻게 해야 하나요?"

불쌍한 친구!…. 그녀는 자신의 고통에 놀란 것이다. 자신에게 이런 일이 생길 수 있다는 걸 몰랐으니까….

"당신 남편은, 아무것도 모르죠?"

"네." 그녀는 초조하게 말했다. "그 사람은 아무것도 몰라요. 하지만 중요한 건 그게 아니에요. 내가 뭘 하면 되죠? 무슨 좋은 생각이라도 있을까요? 2주 전부터 난 뭘 해야 할지 모르겠어요…."

"아직도 그 사람을 사랑하나요?"

그녀는 망설인다.

"모르겠어요…. 그 사람이 더 이상 나를 사랑하지 않

고, 또 나를 떠난 것이 몹시 원망스러워요…, 모르겠어요. 내가 아는 건 그저 이 외로움, 지금까지 쌓아왔던 모든 것을 포기해야 한다는 이 공허함, 이런 것들이 참기 어렵고, 참을 수 없는 일이란 사실 뿐이에요…"

그녀는 '참을 수 없는'이라는 말을 하며 자리에서 일어나, 마치 화상을 입어 서늘한 곳을 찾듯 방안을 이리저리 돌아다녔다.

"이해 못 하시는 것 같네요. 당신은 그게 뭔지 모르잖아요, 당신은…"

나는 눈을 내리깔며, 자기가 남들보다 훨씬, 더 많이 고통스럽다는 이 천진난만한 허영심 앞에서 연민의 미소가 나오는 걸 참는다.

"친구, 당신은 화가 났군요. 그렇게 서성거리지 말고 앉아요…. 모자는 벗고, 울음을 그치고 좀 진정하세요."

격하게 고개를 젓는 바람에 머리 위로 연기처럼 피어올랐던 깃털들이 춤을 추었다.

"안 돼요! 재미로 우는 게 아니거든요! 천만에요! 화장을 망쳐가면서까지 이렇게 우는 건 무엇 때문일까요? 난 정말 울고 싶지 않아요, 부인. 다만 마음을 다잡을 수가 없어서 그래요, 그게 다예요….”

그녀는 다시 자리에 앉아 양산을 테이블 위에 놓았다. 지금 그녀의 작고 굳은 얼굴에도 진정한 아름다움이 없는 게 아니다. 생각해 보니 3주 전부터 그녀는 여느 때와 다름없이 매일 자신을 치장하고, 정교하고 섬세하게 머리를 다듬어 올렸으리라…, 3주 전부터, 즉 21일 동안 말이다! 그녀는 숨길 수 없는 눈물에 맞서 자신을 방어해 왔고 능숙한 손으로 금빛 속눈썹을 검게 칠하고는, 외출하고, 손님을 맞이하고, 험담도 하고, 밥도 먹었다…. 인형의 용기일지언정 하여튼 용기가 가상하다….

어쩌면 나는 자매처럼 얼싸안고, 자신의 고통에 분노하고 맞서다 얼어붙은 이 작은 존재를 안고, 감싸고, 내 따뜻한 포옹으로 녹여야만 할 것이다…. 그녀는 흐느끼다 오열을 터트릴 것이고, 3주 동안 약해질 대로 약해진 신경이 이완되겠지. 하지만 난 엄두가 안 났다. 발랑틴과 나, 우리는 그 정도로 친밀하진 않다. 그래서 갑작스레 그녀가 털어놓은 속내 이야기도 두 달간의 공백을 메울 만큼 충분치는 않았다….

게다가 내 친구를 지탱하는 이 자존심을 유모가 아이를 다루듯 어르고 달랠 필요가 있을까? «유익한 눈물…»

그렇다, 이게 진부한 표현인 걸 알고 있다! 나 또한 끝없이 고독하게 흐르는 눈물의 도취와 그 위험을 안다. 울기 위해 울고 또 운다. 관성처럼 계속해서 숨이 막힐 때까지, 날카로운 소리를 지를 때까지, 술에 취해 잠들 때까지, 그래서 잠이 깨면 푸석푸석한 얼굴에, 온통 얼룩지고, 당황하고, 부끄럽고, 그래서 전보다 더 슬퍼지기까지 울기를 멈추지 않는다. 눈물은 안 돼, 눈물은 안 돼! 깃털 달린 금발 왕관을 두르고 마른 눈을 크게 뜬 내 친구, 긴 코르셋을 입고서도 굳건한 우아함을 유지하는 이 젊은 여인에게 박수를 보내며 칭찬해 주고 싶다….

"당신 말이 맞아요, 친구." 비로소 내가 입을 열었다.

나는 그녀가 선택한 모자를 칭찬할 때처럼 열의는 없지만 신중하게 말을 골라 건넨다….

"당신 말이 맞아요. 지금처럼 지내요, 약도 없고 화해할 가능성도 없다면…."

"없어요." 그녀가 차갑게 말한다. "나로서는."

"그렇죠?…. 그러니 기다려야죠…."

"기다려요? 뭘 기다리죠?"

이 얼마나 느닷없는 깨달음인가, 얼마나 미친 희망인가! 나는 고개를 저었다.

"치유를 기다려야죠, 사랑이 끝나는 것을요. 당신은 지금 몹시 아프지만 더 나쁜 것도 있어요. 한 달 후, 석 달 후, 언제일지는 몰라도, 고통이 잠시 멈추는 순간이 올 거예요. 날씨가 좋아서, 잠을 잘 자서, 아니면 몸이 좀 불편할 때 이유도 모른 채 찾아오는 동물적인 망각의 순간들이 오겠죠…. 오! 내 어린 친구여! 고통이 다시 찾아드는 건 얼마나 끔찍할까! 그건 예고도 없이, 준비도 없이 닥치죠…. 아무 일 없이 무심한 순간, 평온하고 그윽한 순간, 어떤 몸짓 속에서도, 웃음을 터뜨리다가도, 끔찍한 상실에 대한 파괴적인 기억이나 생각이 웃음을 고갈시키고, 입술에 찻잔을 가져가는 손을 멈추게 하죠. 그러면 겁에 질려서, 죽기 전에는 이런 고통을 견딜 수 없을 거라는 순진한 확신 속에 죽음을 바라게 되죠…, 하지만 사람들은 죽지 않아요! 당신도 죽지 않아요. 고통이 멈추는 시간은 불규칙하고 예측할 수 없이 변덕스레 찾아올 거예요. 그것은…, 그것은 정말 끔찍할 거예요…. 하지만…."

"하지만?…."

내 친구는 내 말에 귀 기울인다. 이젠 덜 회의적이고 덜 냉담하다….

"하지만 아직 더 심한 게 있죠!"

  난 내 목소리를 미처 조절하지 못했다…. 친구가 움찔하자 나는 목소리를 낮춘다.

  "더 나쁜 게 있어요. 더 이상 고통스럽지 않다고 느끼는 순간이 있습니다. 그래요! 거의 회복된 당신은 '고통에 빠진 영혼', 방황하는 사람, 자신도 알 수 없는 그 무언가를 찾고, 그것이 무엇인지 알고 싶어 하지도 않는 사람이 될 거예요…. 그 순간의 고통은 심하지 않아요, 그러나 무슨 기이한 균형처럼, 그 휴지의 순간은 마음을 온통 뒤집는 현기증 나는 공허와 함께 혐오스러워지죠…. 이때가 어리석음과 불안의 시기예요…. 이젠 그리 슬픔도 없는 한숨을 지으며 가슴 속을 떠다니는 텅 비고 주름진 심장을 느낍니다…. 우린 목적도 없이 밖으로 나가고, 이유 없이 걷고, 지치지도 않았는데 길을 멈추죠…. 우린 피 한 방울 흘리지 않고도 갈급한 짐승처럼 아픈 자리를 후벼 파헤치겠죠. 아직 채 아물지도 않은 상처를 파헤치고는, 내 장담하죠!, 오직 더 날카로워진 통증 때문에 후회하죠…. 이때가 메마른 방황의 시기이며, 더 격한 회한이 밀려듭니다. 그래요, 회한이죠! 격렬하게 들끓고, 무자비한 횡포에 가까운, 아름다운 절망을 잃어버린 것에 대한 회한…, 우리는 가장 보잘것없는 생물들과 견주어도 위축되고, 생기를 잃고, 열등감을 느낍니다…. 당신도 자신에게 이렇게 말할 거예요. '뭐야! 내가 이거밖에 안 돼? 센 강에 몸을 던진 사랑에 빠진 심부름꾼 소녀와는 비교도 안 되잖아?' 오 발랑틴! 당신은 스스로 부끄러워 아무도 모르게 얼굴을 붉힐 것입니다. 언제까지냐 하면….”

“언제까지…?”

맙소사, 얼마나 간절했으면! 그녀의 이토록 아름다운 호박색 눈, 그 큰 눈동자, 그만큼 불안에 사로잡힌 입술을 두 번 다시는 볼 수 없을지도 모른다….

“회복될 때까지죠, 친구여, 진정한 치유가 이루어질 때까지. 그건… 신비롭게 오는 거죠. 그걸 바로 느끼진 못할 거예요. 하지만 그건 그 많은 고통에 대한 점진적인 보상과도 같아요…. 내 말을 믿어요! 그 순간이 꼭 올 거예요, 언제가 될지는 모르겠지만. 온화한 봄날이든, 촉촉한 가을 아침, 아니면 아마도 달빛이 비치는 밤, 당신의 마음속에서 형언할 수 없이 생생한 무언가가 충만하게 퍼지는 걸 느낄 거예요. 제 맘대로 몸을 길고 길게 늘여 나뭇가지를 건너는 행복한 뱀이나 허물을 벗는 나비의 애벌레, 갓 피어나는 붓꽃의 부드럽고 더할 나위 없는 갈라짐이자, 이완 같은…. 왜 그런진 몰라도 바로 이때, 당신은 알지 못할 미소를 지으며 두 손을 머리 뒤로 마주 잡을 거예요…. 다시 찾은 천진함으로 레이스 커튼으로 새어 들어

오는 핑크빛 햇살, 맨발에 닿는 카펫의 부드러운 감촉, 꽃 혹은 잘 익은 과일 향이 거슬리기보다는 자극적이란 사실을 발견하게 될 거예요…. 당신은 불안한 행복을 맛보게 될 텐데, 그것은 모든 탐욕 중에 가장 순수하고, 섬세하고, 조금은 부끄러운, 자신만의 이기적인 행복이죠…"

친구가 내 손을 잡았다. "계속해요, 좀 더, 더 말해줘요!"

이런, 그녀는 뭘 바라는 걸까? 내가 치유를 장담하면서 이미 충분히 약속하지 않았나? 나는 미소를 지으며 그녀의 작고 따뜻한 손을 어루만졌다.

"또요? 이젠 끝났어요, 친구. 뭘 더 원하죠?"

"내가 바라는 거요? 그건… 사랑, 당연히 사랑이죠!"

내 손이 그녀의 손을 놓는다.

"아, 네…. 다른 사랑…. 당신은 새로운 사랑을 원하는군요…."

그렇다…. 난 다른 사랑은 생각해 보지 않았다. 난 이 초조하고 예쁜 얼굴을 아주 가까이서 들여다본다. 이 잘 손질되고, 잘 다듬어진 우아한 몸, 이 고집 센 작은 이마,

그리고 그밖에…. 벌써 그녀는 다른 사랑을 꿈꾸고 있다. 조금 전까지도 그녀를 죽음에 이르게 했던 사랑보다 더 나을지, 더 나쁠지, 혹은 같을지도 모르면서…. 비꼬지도, 그렇다고 동정하지도 않고 난 그녀를 안심시킨다.

"그래요, 친구, 그래. 당신은 새로운 사랑을 하게 될 거 예요…. 장담할게요."

　나는 클로딘과 자주 마주친다. 어디에서? 당신들은 결코 알 수 없을 것이다. 어수선한 황혼 무렵이나, 눈부신 정오의 짓누르는 슬픔 아래, 달도 없이 밝은 밤, 별을 보여주러 들어 올린 손에서 빛을 감지하는 그 시간에 나는 클로딘을 만난다….

　오늘은 올리브색 벽지로 둘러싸인 어두운 방의 희미한 빛 속에, 수족관 색깔을 띤 하루의 끝 무렵이다.

　클로딘은 미소를 지으며 "안녕, 내 닮은 꼴!"이라고 외친다. 하지만 나는 고개를 저으며 대답한다. "나는 당신의 닮은 꼴이 아니에요. 당신은 이런 오해가 질리지도 않나요? 그것 때문에 우리가 한데 묶이고, 서로에게서 각자의 모습을 발견하고, 서로 상대의 모습을 가리고 있잖아요. 당신은 클로딘이고 난 콜레트죠. 우리의 쌍둥이 같은 얼굴은 꽤 오랫동안 숨바꼭질을 해왔어요. 사람들은 내게서 당신의 금발 여자 친구 레지의 모습을 발견하고, 르노 때문에 남몰래 울고 있는 당신을 윌리와 결혼시켜 버렸죠…. 이 모든 게 결국엔 우리를 진력나게 하는 것 같지 않나요?"

클로딘은 잠시 머뭇거리다 어깨를 으쓱하고 얼버무린다. "상관없어요!" 그녀는 오른쪽 팔꿈치를 쿠션에 파묻었고, 나도 그녀를 따라 맞은편에서 같은 모양의 쿠션에 왼쪽 팔꿈치를 기대었다. 밤이 찾아오고, 내 뿜은 담배 연기가 우리 사이에 피어오르고 있었기에 난 또다시 불투명한 수정 속에 내 모습을 비춰보는 듯했다.

"상관없어요!" 그녀가 거듭 말했다.

하지만 나는 그녀가 거짓말을 하고 있다는 걸 안다. 속으로는 내가 먼저 말하게 놔둔 것에 대해 화가 난 것이다. 그녀는 약간의 부르주아적 품위를 잃지 않고 애교 섞인 대꾸로 맞서며 나에 대한 애정을 표한다. 우리를 정말 구별하지 못하는 바보들이 좋은 뜻으로 그녀의 마임 실력을 칭찬할 때면, "무언극을 하는 건 내가 아니라 콜레트입니다."라고 완강하게 대답한다. 클로딘은 뮤직홀을 좋아하지 않는다.

나는 그녀의 무심한 태도 앞에서 입을 다문다. 오늘만 침묵하자. 언제든 나는 다시 맞설 것이다! 나는 싸울 것이다! 황혼빛에 물든 얼굴로 나를 바라보는 이 분신에 맞서 강해지리라…. 나의 오만한 닮은 꼴! 나는 더 이상 당신의 것으로 나 자신을 꾸미지 않을 것이다…. 르노와의 관계 이후로 모든 애정 생활의 완전한 포기는 당신만의 것이다. 르노의 수많은 외도를 용인하는, 문학 작품 속에서나 볼 만한 연인으로서의 연민과 동정을 거침없이 밝히는 그 무모한 당당함도 당신만의 것이다. 서서히 자신을 소진하는 이 고독의 요새 또한 내 것이 아닌 당신만의 것이다. 당신은 외부의 침략에 맞서 당신 자신을 온전히 보존하는 하나의 은신처를 당신 영혼의 가장 깊은 곳에서 발견했지. 당신은 냉철하고도 편안하게 그곳에 머물라, 불확실성, 사랑, 부질없는 행위, 감미로운 게으름은 내게 남겨 두고. 나름의 가치를 지닌 나의 보잘것없고 사소한 인간적 부분은 내게 남겨 두고!

　클로딘, 당신은 솔직하고 섬세하게 당신 삶의 한 부분에 관한 이야기를 써서 한동안 당신의 친구들과 적들을 매료시켰어. 파리의 풍요롭고 비옥한 도로에서, 고요하게 잠든 향기로운 시골구석에서, 우리 둘을 꼭 닮은 수천 명의 클로딘들이 악마처럼 튀어나왔지. 짧은 옷을 입고, 리본을 묶어 땋은 머리나 매끄럽게 틀어 올린 올림머리를 가위로 잘라버리고는, 무리 지어 떠드는 어린애 같은 여자들 말이야. 그들은 어리둥절 당황하고 놀란 우리의 남편들을 현혹했지…. 당신은 예상하지 못했어, 클로딘, 당신의 성공이 당신을 몰락시킬 거라는 사실을. 아아! 내가 당신을 원망할 수는 없지….

"하지만 당신은 정말로 긴 드레스를 입고 머리띠를 하고 싶었던 적이 단 한 번도 없었나요?" 나도 모르게 큰 소리로 물었다.

미소 짓는 클로딘의 뺨에 보조개가 생겼다. 그녀는 곧 내 생각을 이해했다.

"물론 있죠." 그녀는 인정한다. "하지만 그건 순전히 역설적인 조롱이었어요. 그런데 방금 흉내 내는 이들에 대해 당신이 했던 말은 뭐였죠? 당신의 부주의함을 인정할게요, 콜레트. 당신은 나를 따라 머리카락을 잘랐잖아요, 미안하지만!"

난 양팔을 들어 올렸다.

"맙소사! 우리가 여기까지 오다니! 이런 어리석은 구분으로 트집을 잡을 건가요? '이건 내 거야, 이건 네 거야….'하면서? 우리는 '드레스'의 말장난을 하는 것 같네요. 아, 내 어린 시절의 그 외젠 마누엘*의 ‘드레스La Robe’ 말이에요.”

“오, 우리의 어린 시절…” 클로딘은 한숨을 쉰다….

아! 내 분명 그럴 줄 알았다! 클로딘은 과거를 회상하는 일을 전혀 마다하지 않는다. “기억나요?”라는 이 몇 마디 말만 나와도 그녀는 즉시 긴장을 풀고, 비밀을 털어놓으며, 자신을 완전히 내어줘 버린다…. “기억나요?”라는 이 말만으로 그녀는 머리를 갸우뚱한 채, 초롱초롱한 눈빛으로 어디에선가 분수가 속삭이는 소리를 들으려는 듯 귀를 쫑긋 세운다…. 다시 한번 그녀의 매력이 발산된다.

“우리가 어렸을 적에는…” 그녀가 말하기 시작한다….

하지만, 내가 그녀를 멈춘다.

“당신 얘기를 해요, 클로딘. 난 어렸던 적이 없어요.”

뿔이나 이빨로 위협을 가하는 야수처럼 느닷없이 소파 위에서 상체를 일으켜 내게로 가까이 향한다. 내게 질문을 던지며 뾰족한 턱으로 나를 위협한다.

✤ 외젠 마누엘 Eugène Manuel (1828~1901) : 프랑스 시인, 작가.

"뭐라고요! 어렸던 적이 없었다고 우기는 거예요?"

"전혀. 나는 이렇게 어른이 되었지만, 어렸던 적은 없었어요. 난 전혀 변하지 않았어요. 나는 분명하고도 날카롭게 나 자신을 기억해요. 나 자신을 속이지 않는 우수와 함께로. 깊고 은밀한 마음도 똑같아요, 자연에서 인간과 멀리 떨어져 숨 쉬는 모든 것─나무, 꽃, 소심하고 온순한 동물, 아무도 모르는 옹달샘에서 흘러나오는 샘물─에 대해 열광하는 취향, 이유도 없는 흥분으로 재빨리 심각해지는 것…, 이 모든 것이 어렸을 때의 나이고, 지금의 나예요…. 하지만 클로딘, 내가 잃어버린 건 특별한 아이란 은밀한 확신, 그 빛나는 자부심이죠, 내 안에 있는 지적인 남자의 영혼과 사랑에 빠진 여자의 비범한 영혼, 내 작은 몸을 폭발시킬 수 있는 영혼의 느낌을 잃어버렸죠…. 아, 클로딘, 나는 이 모든 것을 거의 잃어버려, 마침내 이젠 한 사람의 여자로만 남게 되었어요…. 당신은 우리 친구 칼리오프가 자신에게 사랑을 구걸하던 남자에게 했던 멋진 말을 기억하나요? '나를 당신의 것으로 만들기 위해 당신은 어떤 대단한 일을 했죠?' 이런 말을 지금의 나로서는 감히 생각도 못 하지만, 열두 살이었을 때는 했을 겁니다. 네, 했고 말고요! 열두 살의 내가 어떻게 대지를 다스리던 여왕이었는지 당신은 상상할 수도 없을 거예요! 단호하고 거친 목소리, 촘촘하게 땋은 두 가닥의 묶인 머리가 채찍처럼 소리를 내며 내 주위를 맴돌았죠. 그을리고, 긁히고,

흉터로 얼룩진 손, 지금은 눈썹까지 가리고 있지만, 그때는 소년 같았던 네모난 이마…. 아! 열두 살의 나를 당신이 얼마나 사랑했을까, 그리고 난 그때의 내가 얼마나 그리운지 몰라요!"

나의 닮은 꼴이 그다지 즐거워 보이지 않는 미소를 지었다. 그 미소가 넓은 관자놀이와 좁은 턱 사이에 살이 거의 없이 고양이의 뺨처럼 메마른 뺨을 파고든다.

"후회는 그뿐인가요?"라고 그녀가 말한다. "그렇다면, 나는 여자들 가운데 당신을 가장 부러워할 거예요…."

나는 입을 다물었고, 클로딘도 대답을 기대하는 것 같지 않다. 다시 한번, 나는 사랑하는 내 분신의 생각이 침묵 속에서 내 생각과 격렬하게 섞이는 것을 느낀다…. 서로 이어지고 날개를 단 현란한 생각들은 푸른 새벽의 부엉이처럼 부드럽게 날아오른다. 그 생각들은 밤이 천천히 두 얼굴을 삼키는 동안, 미동조차 없는 이 닮은 꼴 두 사람의 몸 위로 언제까지 함께 비행을 계속할 것인가?

노래하는 귀부인

여인이 피아노를 향해 걸어가는 순간, 나는 갑자기 사나운 마음, 꼼짝없이 갇혀 억눌린 죄수의 저항을 느꼈다. 그녀가 질척한 물결처럼 무릎에 착 붙는 드레스 자락 때문에 힘겹게 발을 떼는 동안, 나는 그녀가 실신하거나, 죽거나, 아니면 스타킹 밴드 네 개가 동시에 떨어져 나가길 바랐다. 피아노에 다다르려면 아직 몇 미터는 더 가야 했다. 30초, 천재지변이 일어날 수도 있는 시간이다⋯. 그러나 그녀는 반짝이는 구두 앞코를 내보이며 차분하게 몇 걸음 내디뎠고 드레스 밑단을 조금 찢으며 "죄송합니다"라고 중얼거리며 인사를 하고 미소 지었는데, 손은 이미 심야의 센 강처럼 빛을 반사하는 짙은 자단목 플레옐 피아노 위에 놓여 있다. 나는 어떤 불편함, 일종의 고통을 느끼기 시작했다.

끝나가는 파티의 샹들리에 빛을 둘러싸고 느리게 춤추는 자욱한 연기 사이로, 뚱뚱한 내 친구 모지스의 굽은 등과 다른 이들의 팔꿈치로부터 술이 가득 찬 자기 잔을 보호하고 있는 그의 통통한 팔이 보였다…. 그에게 이끌려 뷔페 홀까지 온 것이 짜증스러웠다. 나는 허옇게 질린 얼굴로 부서질 것만 같은 의자의 금박다리 위에 꼼짝없이 옆으로 비스듬히 앉아 있었다….

나는 노래하려는 저 여인을 냉담한 마음으로 거만하게 뚫어져라 응시했고, 내가 기대했던 것보다 훨씬 더 못생겼다고 생각하며, 사악한 즐거움을 느끼며 비웃음을 참았다.

차가운 흰색 새틴으로 몸을 감싼 그녀는 아주 짙게 염색한 금발 머리를 투구처럼 높이 틀어 올렸다. 푸른빛이 검은빛을 압도하는 그녀의 완강한 눈에는 키가 아주 작은 여성들이 지닌 결연한 오기가 빛났다. 튀어나온 광대뼈, 들썩이는 넓은 콧구멍, 금방이라도 싸울 준비가 되어있는 단단한 턱, 이 모든 것이 애완견 퍼그의 공격적인 얼굴을 빼닮아서, 그녀가 말을 꺼내기도 전에, 아마 난 "먹어!" 라고 대답했을 것이다.

그리고 입! 저 입! 나는 서투른 칼질에 대중없이 베인 듯 보이는 저 비대칭의 입술을 유심히 바라보며 복잡한 상념에 젖었다. 나는 그 입술이 곧 드러낼 광대한 입구,

저 동굴이 포효할 소리의 질을 추정해 보았다…. 참 대단한 입이군! 지레 귀가 가려워진 나는 이를 악물었다.

노래를 부르려던 여성은 청중 앞에 당당히 서서 코르셋 안의 몸을 한껏 추켜세워 가슴이 사과처럼 튀어나오게 했다. 그녀는 숨을 크게 내쉰 뒤, 위대한 예술가들이 흔히 그렇듯 아무렇게나 거리낌 없는 헛기침을 해대며 목을 가다듬었다.

천장에 달린 작은 선풍기들의 날개가 향을 퍼트리며 삐걱대는 불안한 침묵 속에서, 피아노 전주가 시작되었다. 갑자기 떨리는 비명 같은 날카로운 음 하나가 내 머릿속을 꿰뚫었고, 등줄기의 피부에 소름이 돋았다. 바로 그 여인이 노래를 부르고 있었다. 그녀의 가슴 깊은 곳에서 솟아난 그 첫 외침은 내가 지금껏 들어보지 못했던 가장 부드럽고, 충만하고, 실감 나는 메조소프라노의 애절한 음절로 이어졌다…. 그 소리에 사로잡혀 눈을 들어 노래하는 그 여인을 바라보았다…. 그녀는 분명 조금 전보다 키가 더 커졌다. 커다란 눈은 영락없이 눈먼 자의 시선처럼 보이지 않는 무언가를 응시하고 있었는데, 그것을 향해 그녀의 온몸이 하얀 새틴 갑옷 밖으로 솟아 나와 돌진하는 듯했다. 푸른 눈은 검게 변했고, 머리는 곧게 타오르는 불꽃처럼 보였다. 크고 두툼한 입이 열리자 거기서 음들이 불꽃처럼 타오르며 날아가는 것이 보였다. 어떤 것은 황금 방울 같았고 어떤 것은 절정에 이른 완벽한 장미처럼 보였다. 트릴 부분은 떨리는 시냇물 혹은 고운 뱀처럼 빛났다. 느린 발성은 마치 부드럽고 서늘한 손길로 길게 쓰다듬듯 나를 어루만졌다. 아, 잊을 수 없는 목소리였다! 온전히 매료된 나는, 비교적 커다란 치아 위에 둥글게 말려 올라간 새빨간 입술에 덮인 이 커다란 입, 황금빛 소리의 문, 수많은 보석이 담긴 이 상자에 대해 생각하기 시작했다…. 칼미크인*다운 광대뼈가 분홍빛으로 물들고 급히 들이마신 숨으로 어깨는 부풀어 오르고, 목이 열린다…. 격정에 차올라 가슴을 한껏 부풀리고 멈추어 버린 상반신 아래로 풍부하게 감정을 표현했던 작은 두 손만이 아무것도 끼지 않은 맨 손가락들을 비틀고 있었다…. 오직 두 눈, 검은 그림자 같은 두 눈만이 우리 위로, 모든 것 위로 초연하게 맴돌았다….

"사랑!…" 목소리가 노래를 불렀다…. 반듯하진 않지만 촉촉한 진홍의 입술이 이 단어의 끝에서 키스의 이미지를 그리며 오므라드는 것을 보았다…. 너무나 갑작스럽고 광적인 욕망이 나를 뜨겁게 달구는 바람에 눈썹은 차오르는 눈물로 젖었다. 경이로운 목소리는 피가 터져 나올 만큼 떨렸고, 노래하는 여인의 짙은 속눈썹은 딱 한 번 파르르 떨렸다…. 아! 이 목소리의 샘에서 그 소리를 마

<hr />

✤ 칼미크(칼미키야) : 러시아의 몽골계 공화국.

시고, 매끄러운 자갈처럼 빛나는 치아 사이로 그것이 솟아나는 것을 느끼고, 잠시 내 입술로 그것을 막아 억누르고, 그것을 듣고, 그것이 급류처럼 제 맘대로 세차게 뛰어오르는 걸 지켜보며, 내가 가볍게 스치는 것만으로도 갈라질 잔잔하고 고요한 물결이 멀리 퍼져나가길 바란다…. 목소리가 바꿔놓은 저 여인의 연인이, 저 목소리의 연인이 되고 싶다! 나를 위해, 오직 나만을 위해 그것을 가둬두고 싶다! 가장 은밀한 애무보다 더 감동적인 이 목소리는 이 여인의 두 번째 얼굴이자, 몽환으로 인도하는 유혹적인 요정의 수줍은 가면이다!

　내가 기쁨에 취한 순간, 노래하던 여인의 입이 다물어졌다. 추락하는 남자의 외침 같은 나의 비명은 예의를 갖춘 청중의 박수갈채와 브라보를 연호하는 소란에 묻혀 사라졌다. 노래하던 그 여인은, 자신을 세상으로부터 멀어지게 하듯 눈을 깜빡이며 사람들 사이로 미소를 두루 보내 감사 인사를 전했다. 곧바로 피아니스트의 팔을 잡고 문을 향해 나아가려 하는데, 긴 새틴 옷자락이 발에 밟히고 깔리면서 발걸음을 가로막았다…. 신이시여! 그녀를 이렇게 잃어버리는 걸까요? 이미 나는 그녀의 하얀 갑옷한 자락밖에 볼 수 없었다…. 나는 쟝−구종 가의 화재에서 몇몇 살아남은 사람들처럼 본능적으로 맹렬하게 앞으로 돌진했다….

마침내, 드디어, 그녀가 과일과 꽃, 휘황찬란한 크리스털 잔과 포도주 가득한 행복의 섬, 뷔페에 다다랐을 때, 나도 그녀에게 간신히 다가갈 수 있었다.

그녀는 손을 뻗었다. 나는 서둘러 떨리는 손으로 샴페인을 가득 채운 잔을 내밀며 다가섰다…. 그러나 그녀는 재빠르게 손을 빼 거리를 두고선 보르도 병에 손을 뻗으며 말했다. "감사합니다, 선생님. 하지만 샴페인은 저에게, 특히 노래하기 전에 아주 위험한 술이랍니다. 제 다리가 달라붙죠. 특히 여기 신사 숙녀분들께서 제게 다시 한번 '한 여인의 삶과 사랑'*을 노래해 달라고 하니, 아시죠?" 그리고 그녀의 커다란 입—아름다운 새가 둥지를 튼 마성의 동굴—은 미소 한 번으로도 잘게 깨질 얇은 크리스털 잔 위로 닫혔다.

나는 아무런 고통이나 분노도 느끼지 않았다. 나는 단 하나만 기억했다. '그녀가 다시 노래를 부를 것이다….' 나는 그녀가 보르도 와인 한 잔을 더 비우고는, 콧날과 입술 끄트머리의 와인 자국을 문지르듯이 다 닦고, 땀에 젖은 겨드랑이를 식히고 나서 배를 세게 쳐 납작하게 만들고는 염색 머리와 이마 위의 덧머리를 가다듬을 때까지 정중하게 기다렸다.

❧ L'Amour et la vie d'une femme '여인의 사랑과 생애' : 슈만의 연가곡.

나는 기다렸다. 체념한 채, 상처받았지만 희망에 가득 차서, 저 목소리의 기적이 나에게 그녀를 되돌려 주기만을….

쏨므 만에서

평탄하고 온화한 이 황금빛 고장은 처음 생각했던 것만큼 단순하지 않은 걸까? 이곳에서 난 이상한 풍습을 발견했다. 여기 사람들은 마차를 타고 낚시하고, 보트를 타고 사냥을 즐긴다.

"그럼, 보트가 준비되었으니 다녀오죠. 오늘 저녁은 맛있는 도요새 구이를 갖다 드리고 싶군요."

그런 다음 노란 방수복을 입은 사냥꾼은 어깨에 소총을 메고 훌쩍 가버린다.

"얘들아, 이리 와봐 어서! 저기 마차가 들어와! 마차에 가자미가 잔뜩 달려있네!"

이상한 일이다. 우르델에서 크로뚜와까지, 크로뚜와에서 쌩 발르리까지 이동하는 사냥감이 쏨므 만 위로 건넌다는 것을 모르는 사람들에게는 이상한 일이다. 바다를 만나기 위해 25km 해변 길을 따라 어부들을 싣고 가는, 저 커다란 바퀴가 달린 수레에 올라타 보지 않은 사람에게는….

좋은 날씨다. 우리는 아이들 모두 일광욕을 하도록 해변에 내보냈다. 더러는 모래 위에서 햇볕에 구워지고, 더러는 뜨거운 물웅덩이에서 중탕으로 서서히 익어간다. 줄무늬 패턴의 우산 아래 어느 젊은 엄마가 자신의 두 아이는 잊고서 기분 좋게, 두 볼은 달구어진 채, 자기 옷과 같은 린넨 커버를 씌운 신비로운 소설에 푹 빠져 있다.

"엄마…."

"…"

"엄마, 있잖아요, 엄마!…."

참을성이 강하고 고집 센 그녀의 작고 뚱뚱한 아들은 손가락에 삽을 끼고 두 볼에는 케이크처럼 모래를 잔뜩 묻힌 채 기다리고 있다….

"엄마, 이것 봐, 엄마!…."

책 속의 환상에 푹 빠져 있던 여자의 눈이 마침내 눈을 든다. 그녀는 약간 격앙된 목소리로 던지듯 소리친다.

"뭐?"

"엄마, 쟈닌이 물에 빠졌어요."

"뭐라고?"

"쟈닌이 물에 빠졌어요." 순하고 고집 센, 작고 뚱뚱한 소년이 다시 말했다.

책이 날아가고, 접이식 의자가 넘어간다….

"뭐라고 했니, 너? 네 여동생이 물에 빠졌다고?"

"예. 아까는 저기에 있었는데, 지금은 없어요. 그래서 내 생각엔 걔가 물에 빠진 것 같아요."

갈매기처럼 몸을 휘날리며 비명을 지르려는 젊은 엄마…, 모래 구덩이 바닥에서 쥐처럼 굴을 파고 있는 '물에 빠진' 여자아이를 발견한 순간….

"죠죠! 엄마가 책 읽는 거 방해하려고 그런 이야기를

꾸며대다니, 부끄럽지도 않니? 네 슈크림 간식은 없는 줄 알아!"

작고 뚱뚱한 아이의 어수룩한 눈이 커진다.

"하지만 장난치려고 그런 게 아니에요, 엄마! 난 쟈닌 이 안 보여서 물에 빠졌다고 생각했단 말이에요."

"세상에! 그렇게 생각했다고! 할 말이 그것밖에 없었어?"

당황한 그녀는 두 손을 맞잡은 채, 사리를 분별하는 성 인과 천방지축 어린아이 사이를 가르는 심연 너머로 자신 의 뚱뚱한 어린 아들을 한참 바라본다.

❖ ❖ ❖

내 작은 불도그가 미쳐버렸다. 도요새와 흰물떼새를 뒤 쫓다가 뚝 멈춰 서고는 다시 미친 듯이 달리고, 숨이 차면, 등나무 사이로 뛰어들었다가 수렁에 빠져 허우적허우적 빈손으로 나와서는 뭐가 그리 즐거운지 몸에 뭐라도 붙어 있는 듯 탈탈 흔들어 털어낸다…. 그러면 나는 이 개가 과대망상증에 걸렸고 자신을 스패니얼 개라 여기는 게 아닐까 생각한다.

수녀와 기사 피에루즈가 광대 아를르캥과 한담을 나누고 있다. 수녀는 머리를 숙이고 사람들이 그녀를 따라오도록 교태를 부리며 빠르게 걸으면서 작게 소리 내어 웃는다…. 주황색 모로코가죽 부츠를 신은 기사 피에루즈는 냉소적인 표정으로 휘파람을 불고, 말라깽이 아를르캥은 도망치면서 이들을 훔쳐본다….

오, 외설스럽고 진부한 일화를 기대한 고약한 취향의 독자여, 정신 차리시라. 나는 다만 여러분에게 예쁜 늪새 세 마리가 장난치며 놀고 있는 이야기를 하고 있을 뿐이니까.

그들은 '바다와 습지의 새'라는 매력적인 이름을 갖고 있다. 이탈리아 희극의 냄새가 나는 이 이름은 심지어 '전장의 기사'와 같은 영웅 소설에서도 볼 수 있다. 또 다른 시대의 전사인 이 새는 흉갑처럼 두른 가슴털과 목 띠를 두르고, 이마에는 깃털을 뿔처럼 달고 있다. 이들의 갑옷은 물렁물렁하고, 뿔은 위협적이지 않다. 하지만 수컷은 자신의 이름에 대해 거짓말을 하지 않는다. 왜냐하면 전장의 기사단은 암컷들이 평화롭게 지켜보는 가운데 서로를 죽이기 때문이다. 모래 속에 공처럼 웅크린 무심한 암컷들….

❖ ❖ ❖

항구의 작은 카페, 어부들이 바다에 나가기 전 바닷물이 차기를 기다리고 있다. 밀물은 이미 올라와서 부두 바닥의 모래 위에 비스듬히 올려놓은 배의 용골을 몰래 간지럽히는 중이다. 이들은 타르가 묻은 외투에, 파란색 스웨터, 코가 납작한 나막신을 신은, 어디서나 볼 수 있는 보통의 어부들이다. 노인들은 구레나룻과 무성한 턱수염에 짧은 파이프를 물고 있다…. 이것은 책이나 사진에서 보던 흔한 모습이다.

그들은 커피를 마시며 쉴 새 없이 웃는다. 그 맑고, 투명한 눈은 우리 같은 외지인을 매료시킨다. 그들 중 한 명은 비현실적으로 잘 생겼는데, 젊지도 늙지도 않고, 숱 많은 곱슬머리에 턱수염은 태운 살갗보다 더 밝은색이고, 노란색 눈에, 거의 깜박이지 않는 몽상적인 염소의 눈동자를 가지고 있다.

바닷물이 차오르자, 만 안쪽 로프에 묶여 있던 배들이 춤추며 건배하듯 서로 부딪는다. 어부들은 하나둘 떠나면서, 황금빛 눈의 그 잘생긴 남자와 악수한다. "잘 있게, 캐나다." 마침내 캐나다는 작은 카페에 홀로 남아, 창문에 이마를 댄 채 브랜디 잔을 손에 들고 서 있는데…, 그는 무엇을 기다리고 있는 걸까? 참을성 없는 나는 그에게 말을 걸기로 했다.

"저 사람들 멀리 가나요?"

그는 느린 몸짓과 공허한 시선으로 먼바다를 가리킨다.

"저기 저쪽이요. 요즘 새우가 많이 나오죠. 가자미도 있고 고등어, 넙치도 있고…, 조금씩 다 있어요."

"오늘은 쉬는 날인가 보네요? 혼자…."

황금빛 눈동자가 약간 미심쩍은 시선으로 나를 돌아본다.

"저는 어부가 아닙니다, 부인. 나는 엽서 사진작가와 함께 일하죠. 이곳 토박이랍니다."

일광욕

"푸세트, 그러다 피까지 태우겠어! 당장 이리 와!"

이렇게 테라스 위에서 들려오는 호통에 암컷 불도그는 일본 괴물처럼 생긴 구릿빛 주둥이만 치켜올린다. 목덜미까지 찢어진 주둥이는 쉴 새 없이 헐떡거리느라 조금 벌어져 있고, 베고니아 같은 분홍빛의 오글오글한 혀가 장식처럼 달려있다. 몸의 나머지 부분은 죽은 개구리처럼 뭉개져 바닥에 끌리듯 누워있다. 암캐는 움직이지 않을 뿐 아니라 그럴 생각조차 없다. 일광욕 중이다.

조금 때라 호수처럼 잔잔한 쏨므 만은 열기를 품은 안개에 감싸여 있다. 촉촉한 푸른빛의 안개 뒤편으로 멀리 포앵트 드 생캉땡이 신기루처럼 살랑거리며 떠다니듯 보인다…. 니트 수영복만 입고 아무 생각 없이 지내도 될 아름다운 날이다!

…나는 맨발로 테라스 돌바닥의 온기를 기분 좋게 느끼면서도 괴로운 미소를 지어가며 일광욕을 계속하고 있는 푸세트의 고집을 재미있게 즐긴다…. "이리 안 올 거야, 이 멍청한 녀석아!" 그리고 나는 계단을 내려가는데, 마지막 단은 파도보다 더 일렁이는 모래로 덮여 있다. 이 살아있는 모래는 넘실대며 전지하다 움푹 꺼지기도 하고, 바람이 부는 날엔 바닷가에 모래 언덕을 만들어 놓기도 한다. 물론 그다음 날이면 다시 사라질….

해변은 눈부시게 빛나고, 어깨까지 덮고 있는 종 모양

의 밀짚모자 아래로 오븐이 열릴 때처럼 갑작스레 뜨거운 열기가 내 얼굴로 올라온다. 나는 두 손으로 얼굴을 본능적으로 감싸고, 마치 너무 뜨거운 난로 앞에 앉았을 때처럼 고개를 돌린다…. 내 발가락은 모래를 파고들며 뜨거운 황금빛 재 아래 좀전의 밀물이 남겨놓은 물기와 짠맛 섞인 시원함을 찾는다….

크로뚜와에서 정오를 알리는 종이 울리고, 머리가 버섯 모양으로 짧아진 내 그림자가 발치로 모인다.

강렬한 햇살의 무게 아래 완전한 무방비를 느끼고, 수천 개의 날카로운 바늘이 콕콕 찌르는 듯한 허벅지와 파란 스웨터 아래 따끔거리는 허리로 잠시 두리번거리거나 비틀거리다가, 혀를 내밀어 가쁜 숨을 쉬는 암캐 옆 모래 위로 미끄러지는 이 달콤함이란!

배를 깔고 누우면 모래가 나를 반쯤 덮어준다. 내가 움직이면 무릎 뒤로 모래가 가느다란 물줄기처럼 흘러내려 발바닥을 간질인다…. 두 팔을 접어 턱을 받치고, 종 모양의 밀짚모자 챙이 내 시선을 가르면, 난 마음 놓고 횡설수설 아무 말이나 떠들 수도 있고, 오두막 그늘에 앉은 흑인의 영혼이 될 수도 있다. 내 코앞에서 투명한 회색 모래벼룩 세 마리가 유유히 튀어 오른다…. 열기, 열기…. 멀리서 들리는 물결의 웅성거림인가, 아니면 내 귓속에 울리는 맥박 소리인가? 모래 언덕 위로 가물거리는 창공의 수증기와 함께 생각이 부풀어 피어올라 요동치다 사라지는 달콤하고도 덧없는 죽음이 거기 있다.

썰물에서

"아이들, 아이들…. 꼬맹이, 어린아이, 갓난아이…." 이루 말할 수 없이 너무 많다! 멀리 외진 나의 별장으로 돌아가는 길에 우연히 개구리 연못 같은 해변, 매일 바다가 물을 채웠다 남겨놓은 미지근한 해변에 들어섰다.

빨간색, 파란색 반소매 니트, 걷어 올린 반바지, 샌들―밀짚모자, 베레모, 리넨 모자―양동이, 삽, 접이식 의자, 간이 칸막이…. 매력적이어야 할 이 모든 것이 내게 우울을 불러온다. 우선, 너무 많다! 게다가 탄탄한 다리와 사과처럼 통통하고 반들반들한 피부의 귀여운 아이보다, "바다가 애들한텐 참 좋죠!"라는 엄마들의 통상적인 믿음의 희생자인 파리 출신의 저 꼬마들, 반쯤 벗은 채, 신경 쇠약으로 튀어나온 무릎, 귀뚜라미처럼 가는 다리에 볼록한 배를 가진 가련한 아이들이 여기 있다. 그들의 연약한 피부는 한 달 만에 갈색 여송연만큼이나 검게 변했다. 그게 전부이고 그것으로 충분하다. 부모들은 아이들이 튼튼

해졌다고 생각하지만, 단지 햇볕에 그을렸을 뿐이다. 아이들은 여전히 크고 퀭한 눈과 빈약한 볼을 유지하고 있다. 짠 바닷물에 아이들의 앙상한 다리 피부가 벗겨지고, 더위가 밤마다 잠을 방해하며, 형편없는 주스에 짜증을 내다가도 지극히 사소한 일에 폭소와 눈물을 터트린다.

남자아이들과 여자아이들이 뒤죽박죽 섞여 물장구를 치고, "모래 요새"를 적시고, 짠물 웅덩이에 물길을 내어 물을 빼낸다…. 빨간 반소매 니트의 두 "가재"가 나란히 놀고 있는데, 똑같이 햇볕에 그을린 금발의 남매거나, 아니면 아마도 일고여덟 살쯤 된 쌍둥이인 듯하다. 방울 솔이 달린, 챙 없는 모자를 쓴 두 아이 모두 똑같이 파란 눈에 눈썹 위로 모자같이 일자로 자른 머리 모양도 똑같다. 그러나 잘 보면 혼동할 수 없는 게, 암만 비슷해 보여도 둘은 서로 닮지 않았다.

저 작은 여자아이는 이미 여자아이라고 말하기 어려운 뭔가 있는 듯하다…. 어색하지만 여성스럽게 약간 안쪽으로 튼 무릎 때문인가? 이제 막 굴곡이 드러나는 허리에서 무언가 더 부드러운 것이 자연스럽고 우아하게 퍼져 나와서? 아니, 무엇보다도 이 아이의 몸짓이 그것을 드러내고 있다. 맨살이 드러난 작은 팔은 당차게 자신이 말하는 모든 것을 그려내고 설명한다. 그녀는 유연한 손목에 부드럽게 움직이는 손가락과 어깨로 장차 잘록해질 허리 곡선에 주먹을 얹고 애교를 부리는 방법도 알고 있다.

어느 순간, 그녀는 삽과 양동이를 떨어뜨리고는, 등을 웅크리고 목을 숙인 채 두 팔을 들어 머리 위로 알 수 없는 무언가를 매만진다. 여자아이는 남자들이 있는 방의 거울 앞에서 이처럼 우아하게 몸을 활처럼 굽히고 서서 모자에 베일을 매다는 순간을 미리 그려본다….

크레시 숲

숲속에서의 첫 숨결에 내 마음이 부푼다. 과거의 내가 떠오른다. 슬픈 환희로 몸을 떨며 귀를 쫑긋 세우고, 코를 한껏 열어 향을 맡았다.

나무로 뒤덮인 오솔길 아래로 바람이 잦아든다. 사향 냄새 나는 묵직한 공기가 느릿느릿 간들거린다…. 부드러운 향기를 실은 대기의 흐름이 진주처럼 둥그스름한 산딸기를 향해 발걸음을 인도한다. 몰래 익어 검붉게 변하면 이곳의 산딸기는 바람에 흔들려 떨어지고, 천천히 감미로운 딸기 맛 부패물로 변하는데, 그 향은 꿀 향이 나는 초록 인동덩굴 향, 둥근 송이버섯 향과 섞인다…. 어젯밤에 태어난 하얀 버섯들이 바스락거리며 나뭇잎과 잔가지로 덮인 카펫을 머리로 들어 올린다…. 그들은 새 장갑처럼 광택 하나 없이 순백의 연약한 피부 위로 이슬방울을 달고 어린 양의 코처럼 촉촉하게 젖어 신선한 송로버섯과 월하향을 내뿜는다.

백 년 묵은 큰 나무숲 아래 깃든 장엄한 녹음은 햇빛과 새들을 거부한다. 참나무와 물푸레나무의 오만한 그늘은 땅에서 풀, 꽃, 이끼, 심지어 곤충까지 쫓아냈다. 메아리가 걱정스레 우리를 따라다니면 우리네 발걸음은 두 배로 빨라진다…. 우리는 산비둘기, 박새가 그립다. 튀어 오르는 다갈색 다람쥐와 반짝이는 토끼의 작은 엉덩이가 보고 싶다…. 이 적막한 숲은 인간에게 적대적이고 두려움을 자아낸다.

내가 기대고 있는 느릅나무 둥치에 붙어 늘 보던 황혼 녘의 아름다운 나비 리케네가 내 얼굴 아주 가까이서 잠들어 있다…. 날개를 닫고 잎사귀처럼 길게 몸을 뻗어 자신의 때를 기다린다. 오늘 밤, 해가 진 후나 내일, 젖은 새벽에 나비는 황갈색과 회색, 검은색이 뒤섞인 무거운 날개를 펼칠 것이다. 그리고 빙빙 도는 무용수처럼 두 개의 더 화려하고 짧은, 검은색 솜털 줄무늬가 들어간 잘 익은 체리색의 붉은 날개를 활짝 펼칠 것이다. 낮엔 밋밋한 코트로 가려지는 화려한 속옷이자 축제와 밤을 위한 속옷을….

낚시 소풍

금요일 마르트가 말한다. "친구들, 내일은 뽀앵트로 낚시를 떠납니다! 8시에 모두에게 카페라테가 제공되고, 자동차가 늦는 사람들을 기다리진 않을 거예요!" 그러자 나는 머리를 숙이고 "멋지군!" 하고, 약간 비꼬듯 복종의 만족을 표현했다. 싸움꾼 마르트는 투박한 말투와 단호한 몸짓으로 즐거움을 준다. 그녀는 틈도 주지 않고 파티 프로그램 안내를 종료한다. "우리는 그곳 모래사장에서 점심을 먹을 거예요. 물고기를 몰아 줄 '침묵'씨도 당신들과 함께 갈 거예요. 그리고 마기는 아름다운 수영복을 처음 입어볼 수 있겠죠!"

그런 다음 그녀는 발길을 돌렸다. 바다가 내려다보이는 테라스에서 위협적이고 도전적인 시선으로 수평선을 바라보는 그녀의 빨간 올림머리가 멀리서 보인다. 군인 같은 작은 이마가 끄덕이는 것으로 보아 아무래도 "내일 비가 왔으면 좋겠는데, 두고 봐야지!" 하고 중얼거리는 것 같다. 그녀가 돌아서자 그 시선의 무게를 벗어난 태양이 평화롭게 쏨므 만 너머 갯벌로 넘어갔다. 썰물이 남긴 기다란 호수, 둥근 웅덩이와 수로가 노을빛에 벌겋게 물든다…. 보라색으로 물든 모래 언덕엔 푸르스름한 풀이 드물게 돋았고, 꽃이 피자마자 분홍빛 잎맥으로 도드라진 긴 주름치마 같은 꽃잎이 바람에 나부끼는 가녀린 메꽃의 오아시스가 거기 있다….

푸른 철판 같은 잎의 모래엉겅퀴들이 진홍빛 야생화와 뒤섞여 있다. 이 야생화는 가시가 너무 짧아 사람들이 별로 조심하지 않는다. 쉬이 시들지 않고, 바람과 짠 파도에도 용감하게 맞서지만, 볼품없고 억센 모래 엉겅퀴는 뺀질뺀질한 남학생이 보더라도 강인한 붉은 엉겅퀴인 우리의 드센 인솔자와 잘 어울린다.

하지만 눈처럼 창백한 이 모래 언덕을, 번지르르 물이 올라 싱싱하고 시큼한 연한 속살의 돌회향이 여기저기 초록으로 물들인다…. 골목대장 마르트가 모두를 성가시게 할 때나 그녀의 성난 얼굴이나 남학생 같은 목소리에 우리 모두 그녀가 여자라는 사실을 거의 잊을 무렵 갑자기 웃으며 밝게 빛나는 팔을 들어 바람에 흩날리는 붉은 머리카락을 묶는데, 그 팔을 깨문다면 돌회향처럼 신선하고 상큼하며 풍부한 육즙이 입속에서 터질 것이다.

여전히 습한 쏨므 만이 붉은색과 푸른색, 잿빛 녹색이 어우러진 노을을 침울하게 반사하고 있다. 너무 멀리 빠져나간 바닷물은 아마도 다시는 되돌아오지 않을 것인가? 아니다. 바다는 돌아올 것이다. 내가 이곳에서 알게 된 바다는 순식간에 변덕을 부리니까. 바다의 차가운 혀가 발가락 사이로 비집고 들어가 당신에게서 신경질적인 비명을 끌어낼 때까지 우리는 바다에 대해선 생각지 않고 다만 모래 위에서 책을 읽고, 놀고, 자고, 하늘을 바라본다. 그때 바다가 거기에 있다. 아주 고요하게, 뱀이 움직이듯 조용한 속도로 20km에 달하는 해변을 뒤덮어 어느새 책을 적시고, 흰 치마를 더럽히고, 크로케와 테니스를 치던 곳도 물에 잠긴다. 5분이 더 지나고, 바다는 이제 꼬리를 흔드는 암캐처럼 순종적이고 만족스러운 동작으로 빠르고 부드럽게 철썩철썩 해안의 옹벽을 치고 있다⋯.

석양 속에서 검은 새 한 마리가 솟아오른다, 죽어가는 태양이 쏘아 올린 화살이다. 내 머리 위로 팽팽한 명주실이 튕기는 소리를 내며 지나가더니, 어두운 동쪽으로 멀어지며 하얀 갈매기로 변한다⋯.

토요일 아침 8시   푸르스름한 금빛 안개, 신선한 바람,

모든 것이 문제없이 진행되고 있다. 아래층에선 마르트가 잔소리를 해대고 사람들은 꼼짝없이 듣고 있다. 나는 서두른다. 내가 과연 제시간에 도착해 그녀가 감자샐러드에 후추를 너무 많이 뿌리는 걸 막을 수 있을까?

 8시 반 출발! 새우잡이 깃발을 매단 자동차가 그르렁거린다. 녹색 방수 외투를 입고 볼록한 안경을 쓴 마르트가 서투른 승객들에게 고함을 치고 있다. "신선한 돼지구이에 살구를 얹는 이 얼치기 손님들!" 그러나 그녀는 내게 흔쾌히 장갑 낀 손을 내밀었는데 잠수부처럼 우아하게 미소를 짓는 것 같았다. 선잠에서 깨어난 마기는 천천히 바깥 세계를 인식하고는, 영국식 미소를 짓는다. 우리 모두 그녀의 긴 외투 밑으로 뮤직홀 수영복(새우 낚시 그림)이 숨겨져 있다는 걸 알고 있다. '침묵' 씨는 말없이 줄담배를 피운다.

 8시 45분 평지에서 쓸데없이 구불구불하여 모퉁이마다 농부와 수레가 튀어나오는 도로에서 운전대를 잡은 마르트가 갑자기 브레이크를 밟고 '잠수복' 속에서 투덜거린다….

 8시 50분 급하게 방향을 튼다. 농부와 수레. 도로를 벗어나 왼쪽으로 처박힌 마르트가 소리친다. "멍청한 놈!"

9시 급하게 방향을 튼다. 길 한가운데에 어린 소년과 똥이 가득한 외바퀴 손수레가 나타났다. 오른쪽으로 붙어 가다 아이를 살짝 스친 마르트는 아이에게 "멍청한 놈!"이라고 소리친다. 벌써 그런 소릴 듣다니! 불쌍한 아이….

9시 20분 바다가 왼쪽으로 둥근 모래 언덕 사이에 나타난다. 내가 바다라고 부르는 것은…, 어젯밤보다 훨씬 더 멀리 있다. 내 일행들은 내가 자는 동안 작은 분홍색 조개껍데기 가장자리까지 바다가 밀려왔다고 주장했지만 나는 그것을 전혀 믿지 않는다.

9시 30분 작은 오두막들! 타르를 칠한 널빤지로 만든 서너 개의 검은 무덤이 모래 언덕 위에 얼룩처럼 보인다. 여기 잡티 하나 없는 모래 언덕은 바람이 만든 섬세한 굴곡을 이루어 눈 혹은 노르웨이나, 겨울이 끝나지 않는 나라들을 생각나게 한다….

고요하게 움직이며
고운 모래가 사랑의 내실을 판다.
거기서는 갈매기가 울어대더라도,
서로의 몸을 파고든다. 침대처럼,
모래 언덕은 매혹하듯 꿈틀거린다.

겸손한 시인인 '침묵' 씨가 중얼거린다. 흥분한 마르트가 운전대로 몸을 숙이자…, 차 바퀴 두 개가 모래 속에 빠졌다. 작은 불도그보다 더 활기 넘치는 그녀는 땅으로 뛰어내려 상황을 파악하고 침착하게 선언한다. "이것도 나쁘지 않아. 어차피 더 멀리 가지도 못했을 테니."

우리는 세상 끝에 도달했다. 온전히 벌거벗은 모래 언덕은 둥근 무릎 사이로 검은 무덤을 보호하고 있고, 우리 앞에는 실망스럽기도 하고 위안도 되는 사막, 너무 더운 날의 안개에 가려진 백색 햇살 아래 사막이 있다….

10시 "쓴 물의 정령을 쫓아내는 파푸아 부족." 이것은 마기가 방금 찍은 스냅 사진의 뒷면에 내가 쓸 문장이다. 바다표범처럼 젖은 머리로 배까지 물속에 잠긴 원주민은 소리를 지르며 긴 장대를 규칙적으로 내리친다. 무심한 썰물이 아무렇게나 이곳에 버려둔 커다란 바다 조각, 넓고 길게 뻗은 호수를 가로질러 펼친 그물 안에 물고기가 모여든다. 넙치가 우글거리고, 회색 새우, 가자미와 서대도 있다…. 마르트는, 능숙한 쥐잡이 개가 그렇듯 그리로 달려가 미끄러지는 모래를 파헤친다. 처음에는 조심스럽게 발걸음을 옮기며 그녀를 따라 했다. 뭔가 납작하고 날카롭고 미끄러운 것이 발목 사이로 지나가는 것을 느낀 다음부터 살갗의 온 신경이 곤두섰다.

"맙소사! 당신 눈에는! 그래 그게 안 보여요?"

"뭔데요?"

"가자미, 가자미, 거기!"

거기? 그래, 얕은 물에서 반짝거리며 미끈하고 평평한 자개 접시 같은 것이 하나 보인다…. 용감하게, 네 발로 엎드려 배를 납작하게 집어넣고 무릎으로 끌듯이 걸으며 물 밑을 탐색한다…. 잠시 낑낑대는 소리가 나더니, 결국 승리의 함성을 지른 사람은 마르트였다. 파닥거리고 뒤트는 납작한 접시를 물이 뚝뚝 떨어지는 팔로 들어 올린다…. 빈손으로 돌아간다면 난 질투로 죽을 것이다! '침묵' 씨는 어디에 있지? 오! 이 비겁자, 그는 그물질 중이다! 그럼, 마기는? 수영 중인 그녀는 오직 자기 몸매와 라즈베리 빛 실크 수영복 걱정뿐이다…. 나의 경쟁자는 오직 마르트다. 붉은 머리를 뒤로 묶은 큰 공깃돌 같은 머리, 큼지막한 파란색 저지를 입은 마르트, 작고 둥근 엉덩이를 가진 뱃사람 마르트…. 요놈들, 요놈들, 물고기들이 손에 닿는 걸 느낀다. 그들은 나를 비웃고 있다! 부드러운 모래에서 튀어나온 커다란 자개 빛 양미리가 뱀 같은 꼬리로 허공에 반짝이는 모노그램을 그린 다음 다시 들어갔다….

11시 파푸아 부족의 푸닥거리가 끝났다. 부족의 함성에 굴복한 '쓴 물의 정령'은 부족의 그물에 물고기를 가득 채웠다. 모래 위에는 여전히 타르 칠한 그물에 낚인 포획

물, 배를 까뒤집고 죽어가는 튼실한 가자미들, 맛없는 넙치들, 잘 지워지지 않는 피를 튀기며 몸부림치는 도다리가 있다. 하지만 내가 원하는 것은 오직 모래와 날카로운 조개에 베인 내 두 무릎과 두 손으로 직접 잡은 사냥감이다…. 가자미는—나도 이제는 안다—가지런히 모은 내 두 발목 사이를 자기 코로 찌르다가 갇혀버린 덩치 큰 멍청이다. 도다리도 역시 영리하지 않다…. 마르트와 나, 우리는 나란히 고기를 잡는다. 그리고 뭔가 묵직한 것이 걸리면 동시에 낑낑거린다….

11시 반   태양이 이제 미지근해진 소금물 밖으로 나온 우리의 목과 어깨를 태운다…. 파도는 피곤해진 우리 눈앞에서 청록색 일렁임으로, 반짝이는 반지나 풀어진 목걸이로 춤을 춘다…. 아야, 내 허리! 나는 숨죽이고 있는 일행을 둘러본다. '침묵' 씨가 도착했다. 바로 뒤이어 마르트도. 나는 녹초가 되어 "배가 고파요!"라고 신음하듯 내뱉는다…. '침묵' 씨는 담배를 피우는데 그 큰 시가는 거만한 미소를 짓는듯한 인상을 준다. 그는 살아 있는 삿갓조개가 넘치는 자기 그물을 우리에게 내민다….

이제, 새우 일곱 마리와 어린 가자미 한 마리를 잡고 스스로 만족한 마기가 도착한다.

"식사하세요, 친구들!" 마르트가 소리친다. 원주민들

이 포획물을 차로 옮길 것이다.

"오! 전부 가져갈 거예요? 적어도 50파운드는 되겠어요!"

"우선은, 익히면 많이 문드러지니까. 오늘 밤은 튀겨 먹고, 내일 아침은 그라탱으로, 내일 저녁은 스튜로 만들어 먹을 거예요…. 그다음엔 요리로 만들거나, 어쩌면 이웃들에게도 나눠줄 수도 있겠네요…."

1시 텐트에 앉아 정신을 차린 우리는 천천히 점심을 먹는다…. 멀리, 그림자 하나 없는 이 눈부신 사막 끝에서, 뭔가 신비롭게 가르랑거리며 다가온다. 바다다! 샴페인은 우리에게 활기를 주지 못했고 고단한 우리 머리 위로는 편두통만 맴돌고 있다….

우리는 무심한 눈빛으로 서로를 바라본다. 불도그의 코 같은 그녀의 작은 코에 한 줌의 햇볕이 들었다. '침묵' 씨는 하품을 하며 다섯 번째 시가를 씹고 있다. 라즈베리 색 수영복을 입은 마기는 너무 하얗고 노출이 심해 우리를 조금 놀라게 한다….

"이게 무슨 냄새죠?" 마르트가 외친다. "썩는 냄새가 진동하는데, 뭔지는 모르겠지만…."

"아니 이건 물고기 냄새잖아요! 물고기가 저기 그물 가득 걸려 있잖아요…."

"손에서도 냄새가 나요. 썩은 사향 냄새가 나는 건 가자미 같은데…. 우리 용감한 원주민들에게도 물고기를 좀 나눠 주면 어떨까요?"

2시 활기 없는 귀환. 우리는 몰래 손 냄새를 맡는다. 온통 생선 냄새가 진동한다. '침묵' 씨의 시가, 마기의 수영복, 마르트의 축축한 머리…, 뜨겁고 부드러운 서풍에서도 생선 냄새가 난다…. 차에서 나오는 연기, 서늘한 그늘이 지는 모래 언덕, 그리고 이 하루의 모든 것에서 생선 냄새가 난다….

3시 도착. 빌라에서 생선 냄새가 진동한다. 짜증스럽고 못마땅한 마음으로 마르트는 자신의 방에 틀어박힌다. 요리사가 문을 두드린다.

"부인, 오늘 저녁은 광어튀김인지 아니면 그라탱인지 알려주세요?"

문이 격하게 열리고 마르트의 목소리가 부르짖듯 외친다.

"날 기쁘게 해주고 싶다면 제발 집에서 이 모든 바다 쓰레기를 없애버려요! 그리고 일주일 동안 삶은 달걀과 닭고기구이 외에는 어떤 것도 주지 마세요!"

뮤직 홀[*]

우리는 X에서 의상을 갖춰 입고, 언론이 "선풍적"이라고 예측한 무언극의 마지막 예행연습을 준비한다…. 석고와 암모니아 냄새가 진동하는 복도를 따라, 오케스트라석 뒤쪽으로 컴컴한 어둠 속엔 사람들이 불안한 얼굴로 맥없이 허둥댄다…. 제대로 된 게 하나도 없다. 모든 게 미완성이고, 너무 어두운 무대 배경은 빛을 다 흡수해 버려 분간할 수 없다. 조명은 제대로 위치를 잡지 못했고, 붉은색 포도 덩굴로 장식된 이 시골풍의 창문은 우아하게 열리지만 닫히기를 거부한다!….

지친 마임 연기자 W는 심한 기침을 참기 위해 가슴에 손

♣ 뮤직홀 music-hall : 19세기 후반에 프랑스와 유럽에 등장한 버라이어티 쇼의 일종과 그 장소.

을 얹은 채 춘희의 한 장면을 연습 중이다. 그는 마치 극적 효과를 더하려는 듯 턱을 발작적으로 움직이며 죽을 듯이 무섭게 기침한다! 이 와중에 연인 역을 맡은 배우는 빨간 코와 핼쑥한 귀를 가진 술고래로 분장했는데, 마임 연기자 W는 다 죽어가는 목소리로 "얼간이, 굼벵이" 심지어 "맹물"이라고 놀려댄다. 아무것도 되는 게 없다. 아무것도!

　　무대 위에는 사장과 뚱뚱보 투자자가 있다. 투자자는 돈이 되는 '레퍼토리'만을 위해 움직이는 사람이다. 작곡가—뼈가 하나도 없는 듯 연약하고 흐물거리는 남자—는 모든 희망을 버리고 무대 뒤에서 임시방편으로 사용할 수명 다한 뮈스텔 피아노를 발견하고 귀를 후비며 드뷔시의 오페라 펠레아스⁺의 한 소절을 읊는다. "내 머리카락은 탑의 높이만큼 길고…" 한편, 오케스트라 단원들은, 확실히, 본업보다는 프랑스의 말 품종 개선을 위해 상당한 시간을 쏟고 있다. 더블베이스 주자부터 플루트 주자까지, 기수들이 말 이야기를 나누며 어슬렁거린다….

　　"로케트 부인은 어딨습니까?" 사장이 신경적으로 소리쳤다. "매번 안 보이네요!"

　　"의상 준비가 아직 안 됐어요." 마임 연기자 W는 한숨

✤ 드뷔시의 오페라 〈펠레아스와 멜리장드 Pelléas et Mélisande(1902)〉 3막 1장의 곡.

을 내쉬며 말한다.

사장은 턱을 오케스트라 위로 향한 채, 무대 전면에서 펄쩍 뛰며 소리친다.

"뭐라고요? 무슨 말을 하는 겁니까? 의상이 아직 준비되지 않았다고? 오늘 밤 공연 의상인데? 어이가 없군, 이거 참…."

마임 연기자 W의 무력한 몸짓, 아마도 삶에 영원한 작별을 고할 듯한 몸짓이다. 그는 지독한 감기에 걸렸다! 갑자기, 죽어가던 남자가 펠로타* 선수처럼 펄쩍 뛰며, 교회 지기처럼 소리를 지른다.

"제…발…! 그건 만지지 마세요! 구스베리 주스가 나오는 소품용 칼이에요!"

그는 간호사 같은 손놀림으로 시럽처럼 붉은 액체 방울을 흘리는 정교한 액세서리로 치장한 단도를 만지작거리며 시험해 본다.

"아! 저기, 마침내 로케트 부인이 오는군요!"

✤ 스쿼시와 유사한 운동.

우리는 안도의 탄성을 지르며 여주인공을 향해 모여들었다. 뚱뚱한 후원자는 외눈 안경을 다시 제 자리에 끼운다. 추위를 느낀 로케트 부인은 팔꿈치를 비비며, 몬테네그로나, 크로아티아나, 아님, 분명 몰도바계 루마니아풍으로 전반적으로는 뭔가 달마시안 느낌을 주는 의상 속으로 자기 어깨를 움츠린다…. 그녀는 배고프다. 조금 전까지도 랑도프 양장점에서 네 시간이나 서 있다 온 참이라 그녀는 짜증스레 하품한다….

"자, 얼마나 대단한 의상인지 봅시다!"

실망스럽다. "너무 단순해!" 사장이 중얼거린다. "좀 어둡군!" 뚱뚱한 투자자는 포기해 버린다. 작곡가는 펠레아스를 내팽개치고 연체동물처럼 흐물거리며 다가와서 질척거리듯 한 마디 늘어놓는다. "재밌네요. 이런 건 본 적이 없어요…. 제 생각엔 금빛이 들어간 뭔가 녹색의, 그리고 뭔가… 복잡한 게 잔뜩 매달려있었다면 좋았을 것 같네요."

그러나 마임 연기자 W는, 흡족하게, 이 붉은 분홍색 옷이 자신의 밀수꾼 의상의 낙엽과 회색을 기가 막히게 돋보이게 한다고 선언한다. 로케트 부인은 시선을 딴 데 둔 채 아무 대답도 없이 오직 온 영혼의 힘을 다해 겨자를 곁들인 햄샌드위치 한두 개, 혹은 세 개를 바라고 있다….

불안한 침묵.

"됐고." 사장이 한숨을 쉬며 말한다. "그 아래에 무엇이 있는지 봅시다…. 자, W씨, 드레스를 찢는 장면을 보여주세요…."

기관지염과 폐렴에 걸린 환자는 얼굴을 움직여 산적으로 변해서는 단검을 들고 로케트 부인을 향해 돌진한다. 배고픈 로케트는 갑자기 사냥당하는 작은 암컷이 되어 헐떡이며 발톱을 준비한다…. 그들이 잠시 몸싸움을 벌이자, 드레스는 목깃에서부터 발목까지 찢어지고, 로케트 부인은 반쯤 벗은 채 칼을 맞아 목이 뒤로 젖혀진다….

"됐어요! 그만. 여러분! 효과가 엄청나군요! 하지만 잠깐만요…."

남자들은 주연 여배우에게 다가간다. 호기심 어린 침묵. 그녀는 팔려고 내놓은 암말보다 더 무심하게 드러난 어깨와 벌어진 외투 사이로 드러난 맨다리 위로 남자들의 시선이 떠돌도록 내버려둔다….

사장은 혀를 차더니 투덜거린다.

"확실히…, 이건…. 아니지, 충분하지 않아…. 이걸로는 충분히 벗은 게 아니라고!"

무심한 암말은 쇠파리에 쏘인 듯 움찔한다.

"충분히 벗지 않았다니! 뭐가 더 필요한 거예요?"

"아! 그건…. 글쎄…. 극적 효과는 좋지만, 뭔가 확 눈에 띄지 않아요, 충분히 벗은 것도 아니고. 내 말을 좀 들어보세요! 봐요, 가슴 위에 이 모슬린… 어울리지 않아요, 우스꽝스럽고, 목이 짧아 보여…. 뭔가가 더 필요해…."

영감을 받은 듯, 사장은 세 걸음 뒤로 물러나 팔을 뻗고, 지구를 떠나는 우주 비행사 같은 목소리로 이렇게 말한다.

"가슴을 좀 더 드러내요!" 그가 소리친다.

같은 무대. 레뷔*의 공연 연습. 이 쇼는 여느 쇼와 다름없는 쇼다. 1시부터 7시까지, 눈에 띄는 화려한 의상을 입은 수다스럽고 가난한 기숙 학교 학생들을 모아놓은 일종의 수용소 같다. 크고 요란한 모자, 염소 가죽이 닳아서 파랗게 변한 부츠, 털목도리로 몸을 '감싸야' 하는 아주 얇

❖ 레뷔 Revue : 19세기 초 프랑스를 시작으로 영국과 미국 등에서 인기를 끌었던 버라이어티 쇼.

은 재킷들….

　　몇몇은 남자다. 그런대로 넉넉해 보이는 남자들은 말끔한 기성복 차림이고, 그렇지 못한 자들은 마부와 싸움꾼 사이의 중간에 있다. 어떤 이들은 여전히 오페레타의 떠돌이 화가라는 구식 장르를 고수한다. 장발에 허술한 옷차림이지만 스카프 하나는 참 유별나다!

　　얼어붙은 거리를 지나 공연장에 왔기에 난방장치에서 불어오는 불결하지만 기분 좋은 온기로 모두 너나없이 안도의 한숨을 쉬었다…. 무대 위, 연습이 이미 진행되고 있다. 춤추는 장면들을 위해 벌써 귀에 거슬리는 바이올린을 한 대를 더 추가로 보완했다. 열세 명의 영국 무용수들이 무표정하지만 정확하고 힘차게 연습에 임한다. 그들은 최종 리허설에서 추는 것과 똑같이 이 연습에서 반나절 동안 춤을 춘다. 언제나 한결같다. 더 나쁘지도 좋지도 않다. 이들은 텅 빈 오케스트라석을 향해 어린아이 같은 미소를 짓고 귀빈석의 손님들과 눈을 맞추듯 유혹적이면서도 천진한 눈빛을 무대 앞 좌석에 던진다…. 무대를 벗어나는 순간까지 군인 같은 엄격함이 이들의 가냘프지만 단단한 육체에 활력을 불어넣는다. 무대에서 내려온 순간 다시 샌드위치와 박하사탕에 열광하는 마르고 쾌활한 여자아이들이 된다….

극장 후미의 입석 구역에 한 달에 3루이[*]를 받는 어린 단역 여배우들이 동지애로 한데 모인다. 이 소녀들은 공연 도중 의상을 여섯 번에서 여덟 번 정도 갈아입을 것이다. 이들은 외다리 작은 원탁 테이블을 둘러싸고 식탐을 내며 음식을 먹듯 수다를 떤다. 몇몇은 바늘을 끄집어내, 아이의 옷을 수선하기도 한다….

그중 한 명은 호리호리하고 중성적인 이미지의 유혹적인 여자아이다. 그녀는 남성적인 페도라와 하모르[**] 타입의 우아한 짧은 머리를 하고 있다. 좁은 스커트 아래로 다리를 꼰 채 담배를 피우며 마드모아젤 드 모팽[***]같은 오만하고 진지한 표정으로 주위를 둘러본다. 조금 뒤, 담배를 다 피운 그녀는 어깨를 늘어뜨리고 어린이용 덧신 한 켤레를 뜨개질한다…. 사람들이 그날의 모자를 고르듯 자기에게 어울릴만한 나쁜 행동을 보란 듯이 과시하는 몽마르트 출신의 불쌍한 작은 모팽 아가씨.

"무엇을 원하죠? 전 꾸미는데 쓸 돈이 없어요. 모자 두 개와 맞춤 정장 두 벌로 한 계절을 보내죠. 그런데 그걸 좋

---

[*] 루이 Louis : 프랑스 화폐, 액면 20프랑의 금화.

[**] 하모르 Rat-Mort : '죽은 쥐'라는 뜻의 표현. 프랑스 몽마르뜨르 피갈거리에 1837년 생긴 카페로 수많은 예술가가 즐겨 찾았을 뿐만 아니라 레즈비언들의 집합 장소이기도 했다. 당시에 레즈비언 중에 남자 모자와 짧은 머리를 한 여인들의 스타일을 가리켜 콜레트가 'Rat mort 의 우아함'이란 표현을 썼다.

[***] 마드모아젤 드 모팽 Mademoiselle de Maupin : 1835년 소설 제목, 독립적인 여성으로 남자의 가식적인 면모를 파헤치기 위해 남장을 한다.

아하는 남자들도 있답니다…"

건장하고 땅딸막한 어느 여인은 납작한 코에 눈을 반짝이며, 민첩하고 능숙한 솜씨로 바느질하며 쉴 새 없이 수다를 떨고 있다. "밤 12시 반에 최종 리허설이 잡혔어요, 안성맞춤이죠…. 저는 남편이 자물쇠 공장에 다녀서 리용드 벨포르에 살고 있죠…. 그러니까 알다시피, 최종 리허설이 3시 30분이나 4시에 끝나면, 5시 반에 나가는 남편을 위해 수프를 끓일 시간에 딱 맞춰 서둘러 집에 귀가할 것이고, 그다음에는 학교에 가야 하는 두 아이…" 무엇보다 이 여자는 아무런 불만이 없는 것 같다. 모든 직업에는 골칫거리가 있기 마련 아닌가?

귀빈석의 칸막이 관람석에는 깃털과 모피, 앙고라로 멋을 부린 한 무리의 여배우들이 따로 떨어져 라운지를 점하고 있었다. 거기엔 미래의 여주인공과 세 소절을 낭송하려고 고용된 여성 낭독자, 대본 작가 중 누군가의 애인 그리고 뚱보 투자자의 애인이 있다…. 이 여인들은 모두 한 달에 300에서 2000프랑을 벌지만, 200루이 짜리 여우 목도리와 긴 진주 목걸이를 가지고 있다…. 이들은 단정하고 신중하며, 사람들을 믿지 않는다. 예술가인 척하지도 않는다. 오! 맙소사, 안되지. 일에 대해서도 말하지 않는다. 다만 이런 말들을 한다. "제 차에 문제가 많아요…. 이번 겨울엔 몬테카를로에 가지 않을 거예요. 도

박은 정말 싫거든요! 공연이 끝난 뒤에는 저녁 외출 없이 집에서 조금 쉴 수 있으면 아주 행복할 것 같아요! 내 남자 친구는 가족과 있는 시간을 좋아해요…. 우리에게는 너무나 사랑스러운 네 살짜리 딸이 하나 있답니다…."

여기서도 아이가 언제나 우선이다. 합법적인 관계에서 태어났든 아니든 간에. 바로 곁에서 "유치원 선생의 말로는…, 우리 아이 자크가 벌써 남자가 되었다네요!"라는 말이 들려온다. 그들 중 한 명은 한술 더 떠서 네 명의 아들이 있다고 조심스레 밝힌다. 놀람과 부러움의 감탄사가 들린다…. 사과처럼 풋풋한 젊은 다산의 여인은 응석받이 여자아이처럼 입을 내밀어 뽐내는 듯하다.

그녀의 맞은편에 있는 제일 예쁘장한 여인이 생각에 잠겨 있다. 손가락으로는 무지갯빛 진주로 만든 무거운 목걸이를 만지작거리며, 처음 보는 분명 매우 값비싼 색조의 연보라색 화장을 한 눈으로 허공을 응시한다. 마침내 그녀는 이렇게 중얼거린다. "듣다 보니 2년 동안 아이를 갖지 못했단 생각이 드네요…. 전 14개월… 안에 아이가 하나 필요해요." 주위에 있던 사람들이 웃자 그녀는 차분하게 설명했다. "그래요, 14개월 후에요. 제겐 아주 좋은 일이죠. 출산만큼 피를 '정화'하는 건 없거든요. 완전한 재생이고, 그 이후엔 엄청난 피부를 갖게 되는 거죠! 평생 독소를 배출하느라 약을 먹고, 얼굴에 이런저런 것을 바

르는 친구들도 있는데…. 난, 그거 말고 아이를 낳을 거예요, 그게 훨씬 건강한 거죠!"〔엄밀히 말하면!〕

　공연장의 입석 구역을 벗어날 때 지저분한 카펫 위에 널브러진 무언가가 내 발에 스쳤다…. 조금 더 정확히 말하자면, 나는 손을 하나 밟았는데, 손바닥이 허공을 향하고 있는 작은 아이의 손이었다…. 어린 영국 소녀들이 거기 바닥에서 무리 지어 쉬고 있었다. 몇몇은 벽에 기대어 앉았고, 다른 몇몇은 무릎을 굽히거나 사냥개처럼 몸을 둥글게 말고 잠을 잔다. 팔꿈치까지 드러난 얇은 팔과 섬세하고 핏기 없는 귀 위로 조개 모양의 빛나는 붉은 머리카락이 보인다…. 안쓰럽고 태평스러운 잠, 과로에 지친 어린 동물들의 가슴 아프고도 우아한 휴식이다…. 체온을 유지하려고 서로를 껴안고 있는, 한 배에서 나온 엄마 잃은 새끼 고양이들을 떠올리게 한다….

사람과 사람 사이에 흐르는 감정

정현주 ｜ 읽고 쓰는 사람, 서점 리스본 대표

클로딘, 당신은 솔직하고 섬세하게 당신 삶의 한 부분에 관한 이야기를 써서 한동안 당신의 친구들과 적들을 매료시켰어. 파리의 풍요롭고 비옥한 도로에서, 고요하게 잠든 향기로운 시골구석에서, 우리 둘을 꼭 닮은 수천 명의 클로딘들이 악마처럼 튀어나왔지. 짧은 옷을 입고, 리본을 묶어 땋은 머리나 매끄럽게 틀어 올린 올림머리를 가위로 잘라버리고는, 무리 지어 떠드는 어린애 같은 여자들 말이야. 그들은 어리둥절 당황하고 놀란 우리의 남편을 현혹했지…. 당신은 예상하지 못했어, 클로딘, 당신의 성공이 당신을 몰락시킬 거라는 사실을. 아아! 내가 당신을 원망할 수는 없지…. _「거울」 중

시도니 가브리엘 콜레트. 벨 에포크 시절의 작가입니다. 문화사적으로 '아름다운 시절'이라 불리는 그때는 그러나 글 쓰는 여성에겐 아름답지 않았습니다. 여성 작가에겐 이름이 없었습니다. 이름을 찾고 나면 생애사에 작품이 가려졌습니다. 유명세를 치르다 비극을 맞이하는 이야기였죠. 자전적 소설인 네 편의 클로딘 연작이 인기를 끌면서 콜레트는 문화의 아이콘이 되었습니다. 대중은 그의 작품보다 삶을 더 또렷이 기억하는 듯하지만 콜레트는 '작가들이 사랑하는 작가'입니다.

부르고뉴의 숲과 정원. 글쓰기가 시작된 그곳으로 콜레트는 언제나 우리를 데려갑니다. 다채로운 감각이 문장

안에 출렁입니다. 한낮의 풍경에서는 빛이 느껴지고 색이 보이고 향기가 나고 바람이 풀과 꽃과 나무를 스쳐 피부에 와서 닿습니다. 밤의 공기에서는 밀도와 습도가 느껴집니다. 어둠이 우리 몸을 감싸고 돌면서 감추어두었던 비밀을 속삭이는 듯합니다. 콜레트가 그려내는 것은 풍경뿐 아니라 심경이기도 해서 등장인물의 속내는 물론이고 사람과 사람 사이에 흐르는 감정이 만져지는 듯합니다. 바닥에 엎드린 강아지와 창밖의 어둠을 응시하는 고양이는 어떤가요. 숨 쉴 때마다 오르내리는 몸의 움직임과 온도 감촉이 손끝을 타고 전해집니다. 나른한 눈빛 너머를 상상하게 합니다. 콜레트의 문장을 따라가다 보면 과즙이 풍성한 포도알을 입에 넣고 터뜨리는 순간처럼 모든 종류의 감각이 생생하게 열리는 경험을 하게 됩니다. 향과 소리와 색과 맛과 촉감 모두를 느껴지게 하는 힘이 있습니다.

『슬픔의 긍지 Les vrilles de la vigne』는 콜레트 문장의 풍성한 아름다움 속을 산책하게 만듭니다. '르 몽드'가 선정한 세기의 책 100선 중에 올라가 있기도 하죠. 내내 콜레트의 문장 하나가 떠올랐습니다. 시도니 가브리엘 콜레트. 쓰는 내내 그의 가장 깊은 곳, 가장 가운데 있던 것을 알게 합니다.

"사랑, 내 펜의 빵과 버터."

조개껍데기 속의 진주들

정윤정 ∣ 읽고 쓰는 사람

　시도니 가브리엘 콜레트와의 첫 만남은 그녀의 글이 아닌 그녀에 대한 전기 영화였다. 그건 다행스러운 일이었다. 콜레트라는 인물에 대한 이해가 없었다면 문장 하나하나에 담긴 그녀의 목소리를 놓쳤을지도 모른다. 진주 같은 문장들이 눈앞에 있었다. 마치 조개껍데기 속에 숨겨진 것처럼. 하지만 진주가 되기 위한 그 시간과 그 마음과 그 치열함을 들여다보지 못했다면 나는 진정 콜레트를 이해했다고 말할 수 없었을 것이다. 이 책에는 조개껍데기 속의 진주들이 가득하다. 이 책을 만나게 된 건 내게 행운이었다.

　책의 원제가 '포도 덩굴손'인 만큼 스무 편의 글 중 「포도 덩굴손」부터 읽기 시작했다. 그리고 읽고 난 후에는 잠시 호흡을 가다듬을 필요가 있었다. 가슴을 무겁게 짓누르는 감정이 무언지를 알아야 다음 글을 만날 수 있을 것 같았다. 섬세하고 감각적이며 입체적인 문장들로 포개어진 글은 영화 필름처럼 생생하게 이미지로 그려졌다. 포도나무의 향과 봄밤, 자라나는 덩굴손, 밤꾀꼬리, 아름다운 노래, 행복한 잠. 글 속의 표현들이야말로 덩굴손이 되어 나를 쉽게 놓아주지 않았다. 글 속에서 콜레트를 보았기 때문이었다. 그녀가 살아온 인생과 살고자 하는 인생, 콜레트라는 한 사람의 세상을. 비로소 콜레트의 시선으로 그녀의 글을 감상할 수 있었다.

사랑스러운 콜레트는 '펜을 든 사람이 세상을 바꾼다.' 라고 말한다. 그녀는 세상을 어떻게 바꾸고 싶어 한 걸까. 세상을 바꾸고 싶은 그녀의 글은 어떤 것일까. '사랑, 내 펜의 빵과 버터'라는 그녀의 말이 조금은 힌트가 될 수 있을까. 여기에 대한 답을 찾는 일은 이 책을 읽는 독자들의 몫일 것이다. 나는 그녀의 펜에서 바람 같은 자유로움, 섬세한 부드러움, 유머러스한 재치, 풍부한 상상력, 엉뚱함이 가득한 호기심, 대상을 대하는 따뜻함 그리고 연약한 듯 보이는 갈대 같은 강함을 발견했다. 고통과 역경에 좌절하지 않고 미래로 나아가는 힘은 그저 강한 것에서만 나오는 것이 아니었다. 비록 고통, 역경, 강함과 같은 것들이 문장 아래에 숨겨져 있더라도. 그래서인지 그녀의 글은 오히려 아름다웠다. 아름답다는 말로는 표현이 부족하기에 아름다움의 의미를 다시 정리하게 만들어 준 이 책으로 많은 분이 콜레트와 사랑에 빠지시길.

1885년 12세의 콜레트

『슬픔의 긍지』 출간에 도움을 주신 분들

Bellina	박민지	이명희
Jung Elsie	박민희	이아름
KKL	박서형	이영술
LENA	박수현	이은미
강미유	박유민	이은하
고은성	박종철	정은영
권재이	박헌우	제로
김민정(알마즈)	백송이	조경은
김영은	백수영	조영미
김유빈	사랑과 행복	주성순
김지수	서경원	주순영
김지은	서근명	지희진
김필아	소양	참도깨비도서관
김형태	손진우	참스 김혜정
꽃돌언니	슬기	최해성
남우주	심상욱 얼롸잇쑈	폴터가이스트
달밤에술한잔	심혜린	하윤서
동막골의봄	심희정(아나그라마)	한나라
레모	안재욱	한정선
메이지	윤명숙	황영희안나
문선형	이가인	황지영

후원해 주신 모든 분께 감사의 마음을 전합니다.

슬픔의 금지
Les Vrilles de la Vigne

2024년 8월 20일 초판 1쇄 발행

지은이   시도니 가브리엘 콜레트
옮긴이   김영신

펴낸곳   불란서책방
등록   제2019-000015호
주소   경기도 고양시 일산동구 호수로 336
전화 팩스   0504-266-3516
전자우편   bookfest@naver.com
블로그   blog.naver.com/bookfest
페이스북   editionsbulanseo
인스타   @editions_bulanseo

표지 디자인   수수
본문 디자인   박상은

ISBN   979-11-988700-0-1   03860

책값은 뒤표지에 있습니다.